Deseo

UNA HERENCIA MISTERIOSA

MAUREEN CHILD

Editado por Harlequin Ibérica.
Una división de HarperCollins Ibérica, S.A.
Núñez de Balboa, 56
28001 Madrid

© 2015 Harlequin Ibérica, una división de HarperCollins Ibérica, S.A.
N.º 122 - 28.10.15

© 2014 Harlequin Books S.A.
Prueba de fuego
Título original: Beauty and the Best Man

© 2014 Harlequin Books S.A.
Una herencia misteriosa
Título original: The Black Sheep's Inheritance
Publicadas originalmente por Harlequin Enterprises, Ltd.

I.S.B.N.: 978-84-687-6650-8
Depósito legal: M-27078-2015
Impresión en CPI (Barcelona)
Fecha impresion para Argentina: 25.4.16
Distribuidor exclusivo para España: LOGISTA
Distribuidor para México: CODIPLYRSA
Distribuidores para Argentina: Interior, DGP, S.A. Alvarado 2118.
Cap. Fed./Buenos Aires y Gran Buenos Aires, VACCARO HNOS.

ÍNDICE

PRUEBA DE FUEGO
Maureen Child

Capítulo Uno

–Tú sabes que te quiero, ¿verdad? –le preguntó Kayla Prince a la mujer que estaba sentada ante ella en la cafetería Something Hot, en Cheyenne, Wyoming.

–Lo sé.

–Y sabes que haría cualquier cosa por ti.

–Sí.

–Entonces te ruego, por lo que más quieras, que no me hagas recorrer el pasillo de la iglesia el día de tu boda con ese hombre.

Angelica Lassiter, la mejor amiga de Kayla, se echó a reír y se apartó sus rubios mechones de la cara.

–Menudo drama…

–Vamos, Angie –insistió Kayla–. ¿Por qué no haces algo original? Prueba algo nuevo… Que el padrino recorra el pasillo con la dama de honor.

–Eso sí que sería innovador.

–Pues déjame a mí ser la dama de honor. Búscate a otra madrina. Te aseguro que no me importará.

–De ninguna manera, Kayla. Tú eres mi mejor amiga y has de ser mi madrina.

–Podríamos pelearnos y reconciliarnos después de la boda –sugirió ella.

–Nosotras nunca nos peleamos –le recordó Angelica.

Desde luego que no, pensó Kayla. ¿Y por qué iba a

pelearse con Angelica? Era un encanto de persona, simpática, guapa y divertida, y estaba a punto de casarse con un hombre cuyo mejor amigo sacaba a Kayla de sus casillas…

–¿Todo esto es por evitar a Matt?

Kayla miró su café con el ceño fruncido e intentó no pensar en su cobardía. Nunca había sido una cobarde. Su madre, soltera, la había educado para ser independiente desde muy pequeña y Kayla siempre había perseguido con ahínco lo que quería. Había estudiado arte en Los Ángeles, donde compartió habitación con Angelica. Era lo bastante humilde para reconocer que nunca podría llegar a ser una artista de renombre, pero sabía reconocer una obra maestra cuando la veía y había trabajado en un par de modestas galerías, adquiriendo una valiosa experiencia y formación. Si no podía ser artista, al menos viviría rodeada de arte.

Durante las vacaciones había visitado varias veces Cheyenne, la ciudad natal de Angelica, y se había enamorado del lugar y de los vastos espacios de Wyoming, hasta el punto de que no había dudado en dejar Los Ángeles y trasladarse allí cuando le ofrecieron un empleo en la Galería de Arte de Cheyenne. Rodeada de esculturas, cuadros y grabados se sentía parte del mundo creativo y podía ayudar a los artistas con talento a promocionar sus obras.

Además era, gracias a su relación con Angie, asesora de arte de la colección Lassiter. Tenía una casita de campo, un coche y una animada vida social. Incluso había salido con algunos hombres… hasta que conoció a Matt Hollis y todos esos hombres dejaron de importar lo más mínimo.

–Matt lleva nueve meses trabajando en California –dijo Angelica–. ¿No te parece tiempo suficiente para superar lo que quiera que pasara entre vosotros?

Ni remotamente.

Una mezcla de vergüenza, deseo y rabia invadió a Kayla. Un año antes, cuando Angelica y Evan se comprometieron, decidieron que sus amigos también tenían que conocerse. Y a Angie no se le ocurrió nada mejor que organizar una cita doble para los cuatro.

Fue una pesadilla.

Matt Hollis era un arrogante sabelotodo que consiguió poner a Kayla de los nervios. Arrebatadoramente atractivo, estaba acostumbrado a que las mujeres se derritieran a sus pies. Cuando Kayla logró reprimir el deseo de apretarse contra su pecho, él se lo tomó como un desafío personal y durante los dos meses siguientes siempre encontraba la manera de tocarla y arrimarse a ella cuando estaban juntos. Incluso cuando discutían, lo que sucedía a menudo, la tensión sexual entre ellos no dejaba de crecer. Y como no podía ser de otro modo, aquella tensión acabó explotando la noche en que los cuatro salieron a bailar. Al final de la velada estaban a punto de arrancarse mutuamente los ojos… pero lo que terminaron arrancándose fue la ropa. Claro que eso no tenía por qué saberlo Angie.

Como tampoco tenía que saber que aquella única y explosiva noche seguía acosando a Kayla en sueños, al igual que la marcha de Matt pocos días después a las oficinas de Lassiter Media en California, donde se había quedado los últimos nueve meses. Hasta ese momento…

–Digamos que no es mi persona favorita, ¿vale?

–Eso ya lo sé. Pero faltan dos semanas para la boda. ¿No podrías fingir un poco hasta entonces? –Angie levantó su café en un brindis–. Cuando Evan y yo nos vayamos de luna de miel, Matt volverá a California y los dos podréis seguir odiándoos a muerte como siempre.

–Yo no he dicho que lo odie a muerte –murmuró Kayla. De hecho, sería mucho más fácil si lo odiara.

Lo peor era que, a pesar de todo, de que Matt se había marchado a California sin ni siquiera darle las gracias por el buen rato compartido, de que no la había llamado y de que con toda seguridad se había olvidado de ella, Kayla seguía deseándolo con locura. Y si quería salvar su orgullo iba a tener que fingir que no había pasado nada entre ellos.

Las dos próximas semanas iban a ser muy entretenidas, desde luego…

–Ya está bien de hablar de Matt –concluyó rotundamente–. ¿Qué pasa contigo y con Evan?

Angie se encogió de hombros.

–Ocupados con los preparativos de la boda, como te puedes imaginar. Llevando la cuenta atrás hasta el gran día –miró la hora y tomó un sorbo de café–. Evan es fantástico y estamos genial. Lo siento, cariño, pero tengo que irme. Tengo una reunión dentro de veinte minutos.

–Claro. ¿Sigue en pie lo de esta noche?

–No me lo perdería por nada. Sé que te has pasado semanas preparando la exposición –se levantó y le sonrió–. Iremos todos.

Kayla se quedó rígida en el asiento.

–¿Todos?

Angie le guiñó un ojo.

–Evan, Matt y yo.

A Kayla le dio un vuelco el estómago.

–¿Por qué me castigas de ese modo?

–¡Porque es muy divertido! Además, después de la exposición Evan quiere ir a escuchar a un nuevo grupo para el banquete.

–Creía que ya habíais elegido uno.

–Y así era, pero Evan quiere algo distinto –volvió a mirar la hora y echó a andar–. Tengo que irme. Nos vemos esta noche.

Kayla la vio salir del restaurante y pensó que sus almuerzos con Angie eran cada vez más breves por culpa del trabajo. Como heredera de Lassiter Media, Angie siempre había trabajado para expandir la empresa, pero desde que unos meses antes la salud de su padre se resintiera gravemente ella había asumido sus responsabilidades y entre el trabajo y la boda apenas le quedaba tiempo.

Kayla no criticaba la dedicación de su amiga al trabajo. Ella misma disfrutaba enormemente con cada minuto que le dedicaba a la galería. Pero Angie estaba dejando de lado su vida social, y eso incluía su relación con Evan. Los dos siempre habían sido inseparables, pero últimamente apenas se veían. Y lo que más le preocupaba a Kayla era que su amiga no parecía darse cuenta.

No quería que Angie perdiera al hombre de su vida por culpa de sus ambiciones profesionales. Tal vez no fuera una postura muy feminista, pero todo el mundo tenía derecho a expresar su opinión, ¿no?

Tomó distraídamente otro sorbo de café mientras

contemplaba el centro de Cheyenne. El viento aullaba con fuerza, los viandantes se arrebujaban en sus abrigos y un cielo encapotado presagiaba nieve en una ciudad que ya esperaba la primavera. Pero así era el tiempo en Wyoming. Podía nevar hasta en mayo.

–No, por favor… –murmuró para sí misma. Tener que enfrentarse a Matt Hollis ya era bastante malo sin necesidad de añadir una ventisca.

Capítulo Dos

–No me necesitas para escuchar al grupo –protestó Matt mientras Evan se reía.

–No se trata del grupo –dijo Evan–. Has estado evitando a Kayla desde que llegaste.

–Evitándola exactamente no –arguyó Matt, deteniéndose en la puerta de la galería donde iban a encontrarse con Angie y Kayla. Sabía que volver a Wyoming significaba ver de nuevo a Kayla, pero su intención era elegir el momento y que no hubiera nadie más en la primera cita.

Aunque por otro lado, si Angelica y Evan estaban presentes seguramente Kayla se dignara a hablarle.

–He estado muy ocupado. Tú también trabajas para Lassiter Media y sabes lo estresante que puede ser.

–Y sin embargo yo tengo una vida –replicó su amigo.

–Últimamente no mucho, por lo que he visto. No parece que Angie y tú paséis mucho tiempo juntos.

Evan frunció el ceño.

–Siempre ha sido una adicta al trabajo, pero tienes razón. Desde que la salud de su padre empeoró no descansa ni un minuto.

–Pues no parece que a ella la incordies tanto como a mí.

Evan se echó a reír.

–No puedo creerlo…

–¿De qué estás hablando?

–Nunca te he visto acobardarte ante nada, pero la perspectiva de volver a ver a Kayla te provoca escalofríos. ¿Qué demonios pasó entre vosotros?

Matt se pasó la mano por el pelo y giró la cara hacia el viento.

–Es una larga historia que no me interesa compartir con nadie, gracias.

–Qué susceptible eres.

–No te haces una idea.

–Pero ella no tiene por qué gustarte –insistió Evan, agarrándose el abrigo para protegerse del frío–. Basta con que seas educado.

Educado…

Mark reprimió una carcajada sarcástica. El problema no sería ser educado con Kayla, sino mantener las distancias.

Se había pasado los últimos nueve meses dirigiendo el departamento de marketing de Lassiter Media en California. El ascenso y el traslado a Los Ángeles le habían permitido poner distancia entre él y Kayla, por lo que había aceptado el puesto sin dudarlo. Si se hubiera quedado en Cheyenne nunca habría podido recuperar el control de sus pensamientos y emociones.

Kayla lo había deslumbrado en todos los aspectos. La química había prendido entre ellos desde el primer momento, y llevaba grabada en el alma la única noche que habían compartido. Nunca antes ni después había experimentado algo semejante. Kayla había puesto su mundo del revés y lo había empujado a huir en busca de tiempo y espacio.

Pero no le había servido de nada. Seguía deseándola.

Entró detrás de Evan en la galería y al instante se vio envuelto por el calor, la música clásica de fondo y el murmullo de las conversaciones. Una multitud de personas, todas impecablemente vestidas con esmóquines y brillantes vestidos, atestaba la elegante sala y admiraba los cuadros, fotografías y estatuas de madera, metal y mármol.

Matt apenas se fijó en las obras de arte. Se quitó el abrigo y miró a su alrededor en busca de una mujer en particular. La mujer que llevaba acosándolo en sueños durante nueve largos meses. Cuando finalmente la localizó sintió una extraña mezcla de alivio y excitación que se le propagó rápidamente por el interior como si de un virus se tratara, hasta el punto de que casi le impidió respirar.

Sus cabellos rizados, a la altura de los hombros, invitaban a entrelazar los dedos entre la sedosa cortina castaña. Kayla destacaba entre un mar de personas sofisticadas y elegantes. El vestido negro le acentuaba la blancura de la piel y se le ceñía a unas curvas que Matt ansiaba volver a explorar. Cuando ella se giró y sus miradas se encontraron a lo largo de la galería, Matt advirtió un destello fugaz de asombro y placer en sus ojos azules, antes de quedar oculto bajo una máscara de frialdad profesionalidad. Lo que permaneció visible, sin embargo, fue el color que encendió sus mejillas y que no manifestaba deseo ni vergüenza, sino una irascibilidad que Matt encontró increíblemente excitante.

–Ahí está Angelica, junto a esa escultura que parece un pájaro –dijo Evan–. Luego nos vemos, ¿de acuerdo?

Matt asintió, sin apartar la mirada de Kayla. La gente pasaba entre ambos y obstaculizaba el contacto visual, pero nada podría interrumpir la conexión que volvía a prender entre ellos.

Y también ella lo sentía, como quedaba de manifiesto en sus ojos y en sus carnosos labios. Lo sentía y no estaba nada satisfecha con ello. Matt tuvo que reprimir una sonrisa, complacido al saber que no era el único que estaba hecho un lío. Kayla no era una mujer fácil de entender.

Era una de las cosas que más le gustaba de ella.

Casi todas las mujeres con las que se había relacionado eran demasiado simples o superficiales, y solo buscaban su compañía porque Matt tenía contactos con los ricos y famosos. Pero Kayla era diferente. Ella buscaba y encontraba la belleza en los lugares más insospechados y no le interesaban para nada los contactos sociales de Matt.

Lo deseaba a él. Y el desconcierto no podía ser mayor. Sobre todo porque desde el primer momento él había sentido lo mismo por ella.

Nunca había conocido a nadie con esa habilidad para traspasar sus defensas y ponerlo de rodillas.

Los recuerdos y sensaciones lo invadieron. Las discusiones, las charlas, la creciente tensión cuando estaban juntos… Y sobre todo, la noche que habían compartido. La atracción salvaje que había avivado una pasión frenética. El deseo descontrolado que había barrido el sentido común.

Bastaba el recuerdo de aquella noche para que se le

revolucionaran las hormonas y se pusiera duro como una piedra. Nueve meses sin verla y seguía tan viva en su mente como la mañana después.

Por eso se había marchado. El amor no formaba parte del juego. Su única preocupación era su carrera, y no iba a permitir que nada ni nadie lo apartase del camino que se había trazado desde la universidad.

Pero… cuánto la había echado de menos.

Ella levantó el mentón, se apartó el pelo de la cara y echó a andar hacia él. La gente pareció abrirle paso como si todo estuviera orquestado. El aura de sensualidad y seguridad que desprendía era irresistible, tan poderosa como una corriente eléctrica que cargaba el aire a su alrededor.

El taconeo en el suelo de mármol resonó en sus oídos como una sucesión de disparos, apagando el murmullo de las conversaciones. Kayla no titubeó ni se detuvo hasta estar frente a él. Su perfume lo envolvió, y el destello de sus ojos le recordó a Matt el enorme riesgo que estaba corriendo.

–Has venido por la boda –su voz era suave y fría, como él la recordaba.

–Sí.

–¿Y luego te vuelves a Los Ángeles?

–Allí es donde vivo, Kayla.

Ella asintió, se cruzó de brazos y miró a su alrededor.

–Evan te ha traído por la fuerza, ¿verdad?

–No –mintió él. Aunque Evan no hubiera insistido, no habría podido pasar mucho tiempo sin verla.

–No, claro. No hay nada que te guste más que una exposición de arte –dijo ella con una media sonrisa.

Matt se rio. También había echado de menos los duelos verbales.

–Has descubierto mi debilidad –dijo medio en broma. Normalmente no había perdido tiempo visitando una galería de arte, pero observar a Kayla con los mecenas era un espectáculo digno de verse. ¿Qué hombre no se quedaría fascinado con el talento que demostraba y con el amor por el arte reflejándose en sus ojos?

–Bueno, ¿y qué te ha parecido California?

Matt se sacudió mentalmente. Un hombre tenía que concentrarse para hablar con Kayla.

–Hay mucha gente.

–¿No te encanta el sol y el glamour?

–El sol acaba cansando, y estoy demasiado ocupado para que me interese el glamour.

–Ya… –dio unos golpecitos con la punta del pie en el suelo de mármol–. ¿Y qué es lo que te interesa, Matt?

–Tú.

Capítulo Tres

La palabra brotó de sus labios antes de que pudiera impedirlo, y los ojos de Kayla reflejaron un breve asombro rápidamente sustituido por el escepticismo. Pero él solo le había dicho la verdad. Estaba interesado en ella. Tanto que había preferido mantenerse a distancia en vez de enfrentarse a lo que podía significar para él. Tanto que estar allí, frente a ella, y no poder tocarla era una tortura insufrible.

–No… –murmuró ella.

Buen comienzo, se dijo él.

–Oye, Kayla, ya que estoy aquí…

–Llevas aquí unos días, ¿no?

–Sí…

–¿Y tan ocupado estás que no puedes ni hacer una llamada?

Su actitud no sorprendió a Matt. Kayla Prince no era el tipo de mujer tímida y retraída que se anduviera por las ramas. Con ella siempre estaba clara la situación, fuera cual fuera.

–¿De verdad quieres hacerlo aquí? ¿Ahora?

Ella pareció recordar dónde se encontraban y respiró profundamente.

–Tienes razón. No quiero hacerlo. Ni ahora ni nunca.

–Mentirosa.

Ella se puso colorada por la indignación.

–No tienes derecho a esperar nada de mí.

–No he dicho que lo tuviera –corroboró él tranquilamente–. Pero los dos sabemos que tenemos que hablar de lo ocurrido.

–No, no tenemos que hablar –sacudió enérgicamente la cabeza, agitando sus largos cabellos–. Aquello acabó hace nueve meses, Matt.

–Kayla…

Ella volvió a negar con la cabeza.

–¿No te parece irónico?

–¿El qué?

–Hace nueve meses te marchaste sin decir palabra ¿y ahora quieres hablar?

–Vamos, Kayla… –insistió él, cada vez más irritado.

–No –dio un paso atrás como si tuviera que mantener la distancia física además de la emocional–. Tenemos que asistir a la misma boda, y eso es todo lo que vamos a compartir, Matt. Vamos a pasar los próximos días con la mayor dignidad posible, ¿de acuerdo?

Era mucho lo que Matt quería decirle, y aún más lo que necesitaba decirle, pero como él mismo había señalado no eran el lugar ni el momento apropiados.

–Y ahora –dijo ella con su mejor sonrisa profesional–, toma un poco de champán, admira la obra de nuestros artistas y disfruta de la velada.

Sí, pensó Matt mientras la veía alejarse entre la multitud, encandilando a hombres y mujeres por igual. Iba a disfrutar mucho teniendo que sofocar las llamas que lo consumían por dentro y el deseo salvaje de cargársela al hombro y sacarla de allí.

Para cuando llegaron al club donde tocaba el grupo que quería escuchar Evan, todos los nervios de Kayla estaban en máxima alerta. La sensación de que Matt no le quitaba los ojos de encima le había impedido concentrarse en su trabajo, y aunque la exposición había sido un éxito en más de una ocasión tuvo que contenerse para no buscarlo con la mirada.

¿Por qué demonios tenía que ser tan endiabladamente atractivo? Su piel había adquirido un fabuloso bronceado que le resaltaba aún más los increíbles ojos verdes.

Había conseguido mantenerse alejada de él durante toda la exposición, pero estando los cuatro en torno a una mesa minúscula en el bar Matt no perdía la ocasión para rozarle la pierna con la suya. Cada roce le hacía estremecerse, y no pensaba que Angie se creyera la excusa del frío. Aquellos temblores no los provocaba la gélida temperatura del exterior, sino el calor que solo Matt podía prenderle en el interior.

Maldición…

Afortunadamente apenas habían podido hablar, gracias a que el grupo había estado tocando ininterrumpidamente desde su llegada. Pero nada más pensarlo la música cesó y el cantante anunció que iban a tomarse un descanso. El silencio se hizo en el local, hasta que unos segundos después empezaron a oírse risas y charlas en las mesas circundantes.

Era la ocasión para marcharse, pensó Kayla. Pero Angie se le adelantó.

–Evan y yo nos vamos a casa. Creo que ya hemos oído bastante, ¿no?

–Sí –confirmó Evan–. Nos quedaremos con el grupo que habíamos contratado.

Kayla miró con desconfianza a su amiga y alcanzó a ver la sonrisa fugaz que intercambiaba con su novio. Justo como se temía… Angie lo había preparado todo para volver a juntarlos a ella y a Matt.

Pues no le iba a servir de nada. Agarró el bolso dispuesta a marcharse ella también, pero su amiga la detuvo.

–Kayla, ¿por qué no os quedáis Matt y tú un rato más? Puede que el grupo mejore.

–No creo que…

–Por supuesto –la interrumpió Matt, poniéndole una mano en el brazo.

Ella intentó ignorar el chisporroteo que le subió por el brazo y se le propagó por el pecho. Un simple roce y la hacía arder de deseo… ¿Cómo se podía ser tan patética? No podía confiar en un hombre que le había dejado muy claro que no estaba interesado en ella, pero su cuerpo seguía sin aprender la lección nueve meses después.

–Estupendo –dijo Evan, agarrando a Angie de la mano–. Nos vemos.

Al quedarse los dos solos, Kayla tomó un sorbo de vino y dejó la copa.

–Está bien, di lo que tengas que decir y acabemos de una vez.

Capítulo Cuatro

–Yo también me alegro de verte.

Kayla soltó una prolongada espiración.

–Creo que ya hemos pasado la fase de las formalidades, ¿no?

–Como quieras –le colocó la mano sobre la suya y se la retuvo cuando ella intentó retirarla–. Hablemos de aquella noche.

A Kayla la ardió la sangre en las venas.

–Preferiría que no.

–Lástima.

Ella lo miró y él le apretó la mano con más fuerza.

–Suéltame, Matt –le ordenó entre dientes.

–Si lo hago te irás.

–¿Has olvidado que fuiste tú quien ya se fue una vez?

Él frunció el ceño.

–No. ¿Y tú has olvidado que me habían ofrecido un ascenso?

–Lo que recuerdo es que ni te molestaste en llamarme antes de irte.

Aquello sí que no podía refutarlo.

–Además –continuó ella–, ¿por qué iba a irme? No me das miedo.

–Mentirosa.

Kayla volvió a ponerse firme. No le tenía miedo a

Matt, sino a lo que sentía por él. Pero por nada del mundo se lo confesaría. No iba a darle más munición que pudiera usar contra ella. Le gustara admitirlo, seguía siendo extremadamente vulnerable ante él. Los últimos meses habían sido un infierno y no podía exponerse a más sufrimiento.

A su alrededor la gente reía y charlaba animadamente, y las camareras desfilaban entre las mesas sirviendo platos y bebidas. Kayla miró a Matt a los ojos y reprimió el impulso de apartarle un mechón castaño de la frente. Él le deslizó los dedos por la piel y ella tuvo que recurrir a toda su fuerza de voluntad para no flaquear.

–No llamé –dijo él simplemente.

–Eso ya lo sé –replicó ella. El recuerdo era tan vívido que seguía traspasándole el corazón, despertando las ridículas fantasías que le había dejado su única noche con Matt. Los dos meses previos habían sido un ascenso de tensión y provocaciones mutuas, hasta que la pasión acumulada explotó con tal violencia que Kayla seguía sufriendo las secuelas, despertándose en mitad de la noche con un deseo imposible de aplacar.

–Iba a hacerlo –dijo él.

–No me digas… ¿Y qué te lo impidió? ¿Fuiste abducido por extraterrestres o algo así?

–No exactamente –respondió él con una media sonrisa.

–¿Entonces qué? ¿Te rompiste el dedo al marcar? ¿No pudiste encontrar un teléfono? –era consciente de lo resentida que se mostraba, pero no podía maquillar el dolor y el rencor acumulados durante nueve largos meses.

–Nada de eso –Matt mantenía un tono de voz bajo a pesar del ruido de fondo. Se pasó una mano por sus espesos cabellos castaños y la miró fijamente a los ojos–. Es complicado.

–¿Tan complicado que no te bastan nueve meses para encontrar una explicación?

–Sí –admitió él–. Más o menos.

No le estaba diciendo nada nuevo, ni siquiera se molestaba en darle explicaciones, y ella no iba a quedarse allí sentada fingiendo que no le importaba.

–Muy bien –volvió a levantarse y esa vez él no intentó detenerla–. Me alegra que ya esté todo aclarado.

–¿Adónde vas?

–A casa –miró a su alrededor–. No tiene mucho sentido quedarse aquí.

–Supongo que no –corroboró él, y también se levantó. Dejó un par de billetes en la mesa y agarró a Kayla por el codo para llevarla hacia la puerta. Ella intentó zafarse, pero él no la soltó hasta que salieron del local.

–Adiós, Matt.

–Te llevo a casa.

A Kayla le dio un vuelco el corazón.

–No es necesario. Tengo el coche aquí.

–Muy bien. Te seguiré.

–No es necesario –repitió ella. Intentó pasar a su lado, pero él le cortó el paso.

–Para mí sí lo es.

–Discúlpame si me importa un bledo lo que sea necesario para ti.

–Puedes seguir poniéndomelo difícil o puedes escucharme en algún sitio más privado… Tú decides.

Kayla no sabía qué hacer. Por un lado quería saber por qué Matt se había esfumado después de la que para ella había sido la noche más mágica, romántica y trascendental de su vida. Pero por otro no quería darle la satisfacción de demostrarle interés alguno. Por desgracia, cuanto más lo miraba a los ojos más se convencía de que nunca podría superarlo si no recibía las respuestas que tanto necesitaba.

–De acuerdo. Puedes seguirme a casa.

–¿Sigues viviendo en el mismo sitio?

–Sí –en su pequeña casa de campo a las afueras de Cheyenne.

–Está bien. Hablaremos allí.

Kayla reprimió una exclamación de júbilo.

¿Qué demonios iba a decirle?, se preguntaba sin cesar Matt durante el corto trayecto a casa de Kayla. No había una manera fácil de confesarle hasta qué punto le había afectado haberla conocido y haberse acostado con ella.

Ella era el motivo por el que había aceptado el ascenso y se había trasladado a California. Y aún más importante, era el motivo por el que Cheyenne seguía atormentándolo. No había sido capaz de sacársela de la cabeza ni de convencerse de que no era más que otra mujer. Una señal pasajera en el radar que le había permitido evitar el compromiso durante toda su vida.

Por eso la conmoción había sido tan grande. Estaba tan acostumbrado a las aventuras esporádicas que cuando conoció a Kayla se quedó completamente desconcertado. Durante los dos primeros meses había intentado convencerse de que no había nada especial en ella y que su reacción era desproporcionada porque siempre lo estaba sacando de sus casillas. Pero aquella irritación solo alimentaba una tensión sexual cada vez mayor.

Y cuando se vio encima de ella, debajo de ella, dentro de ella… no pudo seguir engañándose. Kayla era diferente. Era especial.

Y él no estaba listo para alguien especial.

La pregunta era ¿lo estaba después de nueve meses?

Y en el caso de que lo estuviera, ¿podría convencerla para que se fuera con él a California? ¿O volvería él a Cheyenne y se olvidaría de su carrera?

Aparcó frente a la casita de Kayla. La última vez que estuvo allí era verano y los parterres estaban llenos de flores. Pero el invierno se resistía a acabar y el jardín ofrecía un aspecto triste y embarrado. Vio a Kayla abrir la puerta bajo la luz del porche y se apresuró a entrar tras ella.

La casa seguía tal y como la recordaba, pequeña y acogedora, decorada con obras de arte local y con un sofá verde y dos sillones frente a una chimenea de piedra.

Matt dejó el abrigo en el sofá y se giró hacia aquellos increíbles ojos azules que nunca habían dejado de fascinarlo.

–Eres condenadamente hermosa –murmuró sin pensar.

Ella se tambaleó ligeramente.

–No me digas eso. Estoy muy enfadada contigo y no quiero oírlo.

Sus ojos ardían de furia, en efecto, pero también de deseo.

–Entiendo que estés furiosa conmigo, pero eso demuestra que te sigo importando. Si no fuera así el enfado se te habría pasado hace mucho.

Ella se mordió el labio, pero no lo negó. Y para Matt fue suficiente. No podía seguir resistiéndose después de pasarse tanto tiempo deseándola a distancia. En pocas zancadas estuvo ante ella, la agarró por los hombros y tiró de ella para besarla.

Por un instante fugaz pensó que iba a rechazarlo, pero ella se apretó contra él y le devolvió el beso como si le fuera la vida en ello. Sus lenguas se entrelazaron y una descarga de placer sacudió a Matt e inflamó su pasión.

Las manos de Kayla en su espalda eran como claves de corriente que le abrasaban la piel a través de la chaqueta. Él entrelazó una mano entre sus cabellos y se deleitó con la sensación de los suaves rizos.

Podría haberse pasado toda la noche besándola, olvidándose de comer, beber e incluso de respirar con tal de mantener la boca pegada a la suya. Pero el beso terminó demasiado pronto y ella se apartó para mirarlo con ojos desorbitados.

–No me puedo creer que hayas hecho eso…

–No he sido solo yo.

–Ha sido una reacción instintiva –se excusó ella.

–Pues un aplauso para los instintos.

Ella soltó una carcajada seca y se llevó una mano a la boca.

–No podemos hacerlo.

–Estábamos destinados a hacerlo –replicó él en voz

baja y cargada del mismo deseo evidente que percibía en ella.

–Si eso fuera cierto no te habrías largado hace nueve meses.

–Sí –se apartó un mechón y respiró profundamente–. Tendría que haberte llamado o haber hablado contigo antes de marcharme.

–Estoy de acuerdo.

Él levantó la cabeza y la miró a los ojos.

–Tú fuiste la razón por la que me marché tan bruscamente.

–¿Me estás culpando a mí? –le preguntó ella con indignación.

–Claro que no. Solo te lo estoy diciendo. Me marché por el ascenso, pero si lo hice de aquella manera tan repentina fue por lo que tú me hacías sentir.

Ella sacudió la cabeza y se abrazó a la cintura.

–¿Te entró el pánico?

Matt se rio.

–Un poco tal vez, pero no me gusta admitirlo.

–¿Por qué? He esperado la respuesta durante nueve meses, Matt. ¿Por qué te marchaste así? Sin decirme nada, sin dar explicaciones. Simplemente desapareciste.

–Pensé que así sería más fácil para ti…

Ella rechazó la excusa con una carcajada burlona, dándole a entender que no se conformaría con menos que la verdad.

–De acuerdo. Quería que fuera fácil para mí –frunció el ceño y se frotó la cara con las manos. No estaba listo para decírselo todo. No podía confesarle lo que había sentido y lo que seguía sintiendo por ella–. Pero ahora he vuelto.

–Temporalmente.

–Y tenía que verte para intentar explicarlo…

Ella tragó saliva.

–¿Explicar qué, exactamente?

–La noche que pasé contigo me afectó de un modo totalmente inesperado. Pensé que la distancia me ayudaría, pero no ha servido de nada –se acercó a ella–. No ha habido día en el que no haya pensado en ti ni noche que no haya soñado contigo. Maldita sea, Kayle, no consigo sacarte de mi cabeza y tenía que volver para decírtelo.

Ella tomó aire sin apartar la mirada.

–Sigo sin entender por qué te marchaste sin despedirte. Me hiciste daño.

–Lo sé –admitió él con una mueca.

–No permitiré que vuelvas a hacérmelo.

–No quiero hacerte daño.

–Pues márchate.

–No puedo –dio otro paso hacia ella y celebró en su interior que no se apartara–. Y tú tampoco quieres que me marche.

–Sí, claro que… –se interrumpió cuando él la agarró y la estrechó entre sus brazos–. No, en realidad no quiero.

Capítulo Cinco

–Eso era lo que quería oír –volvió a besarla y volcó en el beso toda la emoción y deseo acumulados durante los últimos nueve meses.

Y ella lo recibió abiertamente, le echó los brazos al cuello y respondió a su pasión con la suya.

La conexión instantánea volvió a dejarlo atónito. La intensidad del fuego que prendía entre ambos amenazaba con consumirlo, pero esa vez lo aceptó con goce. Era lo que le había faltado durante tanto tiempo. Aquel lugar. Aquella pasión.

Aquella mujer.

La levantó en brazos sin interrumpir el beso y la llevó al dormitorio. En cuestión de segundos estaban los dos desnudos sobre la colcha, rodeados de mullidos almohadones.

Matt rodó sobre la cama y ella lo rodeó fuertemente con sus piernas. Colocada a horcajadas sobre él, deslizó las manos por su cuerpo mientras él exploraba el suyo palmo a palmo. Había un viejo reloj de pared, y el constante tictac resonaba a su alrededor como el redoble de un tambor.

–Por favor, dime que aún tienes preservativos en el cajón de la mesilla –la acució Matt.

Ella se apartó el pelo de los ojos y asintió.

–Los he conservado.

31

–No sabes cuánto me alegro de oírlo –sacó uno y se lo colocó rápidamente–. Te he echado de menos, Kayla.

–Y yo a ti, Matt. Muchísimo –le sujetó la cara entre las manos–. Sigo sin saber por qué te marchaste, pero ahora mismo eso no importa.

Matt sintió la culpa traspasándole el pecho, pero no era el momento para sentir remordimientos. Era el momento para volver a unirse y recuperar lo que habían empezado aquella noche inolvidable nueve meses atrás y que él había desperdiciado estúpidamente.

Los sentimientos y sensaciones barrieron toda capacidad de reflexión y análisis, y lo único de lo que fue consciente fue de sus jadeos mezclados, los acelerados latidos de sus corazones y los roces de sus cuerpos desnudos. Su intención era poseerla lentamente, deleitándose con la experiencia de volver a estar juntos. Pero el plan fue barrido por una incontenible y furiosa marea de apremiante deseo.

Ella acomodó la postura y levantó las caderas para recibirlo mientras le recorría el pecho con las manos.

–Vamos, Matt.

–Sí, nena…

La penetró de una vez, hasta el fondo, y al instante se vio envuelto por la añorada sensación de estar en el lugar que le correspondía. Ella lo rodeó fuertemente con brazos y piernas y los dos se movieron al unísono en una silenciosa danza de pasión que fue subiendo de ritmo e intensidad a cada embestida. Matt sintió cuando el cuerpo de Kayla empezó a endurecerse, oyó como sus jadeos se hacían más rápidos y sintió el frenético movimiento de sus manos y el arañazo de sus uñas en la piel. Y cuando ella gritó su nombre y se abandonó al orgasmo, Matt también se dejó arrastrar al clímax por aquella incomparable sensación de plenitud y éxtasis que le había faltado durante tanto tiempo.

Era una idiota. No había otra explicación, pensó Kayla cuando el cerebro volvió a funcionarle. El cuerpo seguía vibrándole de emoción, pero su cabeza empezaba a enumerar las interminables razones por las que no debería haber hecho lo que acababa de hacer. Y la primera era que no confiaba en Matt.

No le había dado ninguna explicación válida, pero eso no le había impedido a Kayla volver a cometer el mismo error.

El calor prendió en su interior. Qué fácil era para su cuerpo y su corazón olvidar el pasado y abandonarse al presente. No podía creerlo. El dolor y el remordimiento se mezclaban con un deseo desmedido, sumiéndola en el caos y la confusión.

Cerró los ojos y ahogó el gemido de frustración que le subía por la garganta. Él levantó la cabeza y la miró a los ojos, y Kayla se preparó para el inminente desencanto. De un momento a otro Matt se levantaría de la cama y se marcharía al aeropuerto.

–Llevaba esperando esto mucho tiempo –dijo en voz baja y tensa.

–¿Esperar, tú? –incrédula, le dio un ligero empujón, pero él se tumbó de costado y la mantuvo pegada contra su cuerpo. Ella apoyó una mano en su amplio pecho y se aupó para mirarlo–. Fuiste tú quien se mantuvo alejado de mí todo este tiempo, Matt.

–Lo sé. He estado muy ocupado dirigiendo el departamento de Los Ángeles, pero debería haber regresado antes.

–Tienes razón –se apartó de él y se levantó–. Igual que yo no debería haber hecho esto –señaló la cama revuelta.

–Como dije antes, estábamos destinados a hacerlo –replicó él.

Cierto. Por más que quisiera negarlo, su corazón lo corroboraba a gritos.

–Hasta que vuelvas a irte –se miró un reloj imaginario en la muñeca–. De hecho, ya deberías estar vistiéndote y saliendo de aquí a toda prisa, ¿no?

Él frunció el ceño y también se levantó.

–No voy a irme. Voy a quedarme aquí al menos hasta la boda. Cheyenne sigue siendo mi hogar, Kayla. En parte, al menos. Y aunque vuelva a California no me alejaré de ti. Te quiero en mi vida.

Una parte de ella se emocionó al oírlo, pero ¿cómo podía creerlo? ¿Cómo podía volver a confiar en él? Matt acabaría volviendo a California, pero la vida que ella había elegido estaba allí, en Cheyenne.

–Deberías irte –fue todo lo que dijo. Era mejor así. Ser ella la que le dijera que se marchara. Rápidamente, antes de empezar a creer otra vez en él.

–Tú no quieres que me vaya, Kayla.

–No se trata de lo que quiero –si así fuera se arrojaría en sus brazos sin pensarlo–. Se trata de lo que necesito. Y ahora mismo necesito que te vayas.

Él la miró como si se dispusiera a contradecirla, con los ojos brillantes y moviendo los labios sin hablar. Pasaron los segundos y Kayla contuvo la respiración, confiando en que Matt se marchara antes de que ella perdiera el control.

–Muy bien –aceptó él finalmente, y ella no supo si sentirse aliviada o profundamente decepcionada–. Me marcho. Pero solo por ahora –rodeó la cama y la agarró para levantarla y mirarla fijamente a los ojos–. Estoy en casa, al menos hasta el mes que viene. Y estoy en tu vida, así que más te vale acostumbrarte a mi presencia.

Durante las dos semanas siguientes Kayla no pudo encontrar paz ni consuelo en su casa por culpa de los recuerdos. Aún podía oler a Matt en las almohadas. Soñaba con estar entre sus brazos por la noche y al despertar por la mañana Matt era lo primero en lo que pensaba.

Ni una sola vez había intentado él volver a acostarse con ella. Su actitud la estaba volviendo loca. ¿Cómo podía decir que la deseaba y no hacer nada al respecto? ¿Se estaría comportando de aquella manera a propósito? ¿Su intención era hacerla sufrir a conciencia?

Kayla se encontraba en una situación dramática y ni siquiera estaba segura de querer ponerle fin. Su cabeza le repetía sin cesar que no podía confiar en aquel nuevo Matt. Pero su cuerpo y su corazón la acuciaban a darle una oportunidad. A dársela a ambos.

No sabía qué hacer, y el comportamiento de Matt no la ayudaba a tomar una decisión. No solo la mantenía en vilo día tras día, sino que siempre encontraba un motivo para estar con ella. Cuando no estaban ayudando a Angie y a Evan con sus planes de boda, la llevaba a cenar, al cine o a visitar galerías de arte. Poco a poco se estaba convirtiendo en una presencia indispensable, y a Kayla ya le costaba imaginarse sin él a su lado todo el tiempo.

El día anterior se había presentado en la galería a la hora de comer con una cesta de picnic. Fuera hacía demasiado frío, de modo que extendió una manta en el almacén y durante una hora la hizo reír con sus anécdotas de California.

Y cuando volvió a marcharse Kayla estaba hecha un manojo de nervios y de dudas. Le encantaba estar con él. Le encantaba verlo sonreír, incluso cuando le contaba la vida que estaba haciéndose en Los Ángeles. Sin embargo había conservado su casa de Cheyenne, y Kayla no sabía qué podía significar eso. ¿Matt pensaba regresar? ¿O vivir en los dos sitios? Y aunque así fuera, ¿acaso pensaba quedarse con ella? Ya la había abandonado una vez sin mirar atrás. ¿Qué le impediría volver a hacerlo?

Respiró hondo e intentó sacarse a Matt de la cabeza para prestarle atención a Angie. Estaban las dos en el restaurante, repasando los últimos detalles de la boda, algo mucho más sencillo que la situación de Kayla.

–Finalmente he conseguido que Sage me prometa que mañana por la noche abandonará su retiro en la montaña para venir a la cena de ensayo.

Kayla asintió distraídamente mientras Angie hacía anotaciones en su tablet. Era una mujer tan organizada que podría impartir lecciones de planeamiento estratégico en tiempos de guerra. Kayla intentó concentrarse en la boda y apoyar a su amiga, pero Matt seguía invadiendo sus pensamientos sin descanso.

–Dylan ha ayudado mucho, naturalmente –estaba diciendo Angie–. Sage es tan cabezota que hacen falta dos de nosotros para convencerlo.

Los hermanos de Angie la adoraban, por lo que no era ninguna sorpresa que Sage el ermitaño estuviera dispuesto a complacerla. La relación con su padre era tan conflictiva que Sage había tenido que abandonar Lassiter Group y se había labrado su propia fortuna. Kayla temía que en la cena de ensayo fueran a producirse más enfrentamientos de los que esperaba Angie.

–Y mi padre se encuentra lo bastante bien para venir –le dijo Angie con una sonrisa–. Estoy muy contenta. Claro que su enfermera Colleen estará allí para vigilarlo de cerca y también como invitada. Se ha convertido en un miembro más de la familia.

–Me alegro de que tu padre se encuentre bien para venir a la boda.

–Yo también, pero me sigue pareciendo muy frágil.

La mala salud de su padre preocupaba a todo el mundo, no solo a la familia. J.D. era una leyenda en Cheyenne, y era muy duro verlo tan débil y apagado.

–Hablando de otra cosa –dijo Angie–, he notado que Matt y tú habéis enterrado el hacha de guerra.

–Hemos llegado a un… entendimiento –respondió Kayla de manera evasiva.

–¿Qué clase de entendimiento?

–No estoy segura –frunció el ceño y pensó en las dos últimas semanas. Habían pasado mucho tiempo juntos y Matt no había intentado seducirla, ni siquiera besarla, pero tampoco se había alejado. Fiel a su palabra se estaba introduciendo poco a poco en su vida, haciendo que le fuera imposible ignorarlo.

–¿Qué significa eso?

Kayla tomó un sorbo de café y sujetó la taza con las dos manos.

–Significa que me gusta tenerlo aquí. Pero también me siento confusa.

Angie sonrió.

–Por todo lo que me has contado, y una vez más te digo que deberías habérmelo contado hace nueve meses…

–Lo sé, lo sé –admitió Kayla. Dos semanas antes le había contado todo sobre Matt y ella a su amiga. Al principio Angie le había reprochado duramente su secretismo, pero luego le había ofrecido toda su comprensión y apoyo.

–Creo que Matt intenta que te acostumbres a estar con él sin que haya tensión sexual.

–Eso es lo que tú crees –murmuró Kayla.

Angie soltó una carcajada.

–Así que sigue habiendo tensión. Interesante. Pero la pregunta es ¿te gusta que Matt esté aquí?

–Mucho –respondió Kayla sin pensarlo. La palabra brotó de sus labios antes de que pudiera evitarlo.

Angie sonrió.

–Esa es la buena noticia. ¿Y la mala?

–Muy fácil. ¿Cómo puedo confiar en él? –Kayla dejó el café en la mesa–. Vive en Los Ángeles, Angie. Y yo vivo aquí. ¿Qué haré cuando vuelva a marcharse?

–¿Que cómo puedes confiar en él? La gente aprende y madura, Kayla. A mí me parece que Matt ha descubierto que no le gusta vivir sin ti y por eso ha vuelto a casa.

–¿Por cuánto tiempo?

–No hay garantías para nadie, ni siquiera para Evan y para mí, a pesar de lo bien que estamos juntos.

–¿Y eso no te preocupa?

–Si pensara en ello, seguramente sí –admitió Angie–. Pero prefiero centrarme en lo que importa, que es lo que siento por él. Lo quiero y sé que él me quiere a mí.

Kayla no podía decir lo mismo de Matt. Nunca le había dicho que la quisiera. Y sin saber lo que sentía por ella no podía arriesgarse.

Capítulo Seis

La fiesta estaba en su apogeo.

Matt miró alrededor a los amigos y familiares que se habían reunido para la cena de ensayo de Angie y Evan. Sage Lassiter estaba de pie junto a la pared, bebiendo una cerveza y con cara de querer estar en cualquier otro sitio. Marlene Lassiter, la tía de Angie, le llevó a J.D. una botella de agua y seguramente el viejo se lamentaba de que no fuera una cerveza. Y Colleen, la enfermera de J.D., estaba increíble con un vestido rojo que despertaba la envidia de las invitadas más ricas y glamurosas.

Angie y Evan cuchicheaban entre ellos con una pícara sonrisa, y Matt se preguntó dónde demonios estaría Kayla. Siendo la dama de honor había asistido al ensayo de la ceremonia, pero cuando Matt le ofreció llevarla a la cena ella insistió en ir con su coche. ¿Se habría ido a casa? ¿Estaría intentando evitarlo?

Frunció el ceño y tomó un trago de whisky. Si no aparecía en cinco minutos, iría a buscarla. Las dos últimas semanas habían sido una tortura, estar tan cerca de ella sin tocarla, pero ese era el plan. Estar con ella. Ser parte de su vida. Demostrarle que deseaba tenerla a su lado y que podía confiar en él.

Pero estaba costándole tanto que se sentía peligrosamente tentado de tirar el plan por la borda, cargarse a Kayla al hombro y llevársela a la cama, donde podría pasarse horas convenciéndola de lo mucho que la amaba y lo importante que era para él.

Sabía que era culpa suya encontrarse en aquella situación, pero ¿a qué hombre no le entraría el pánico al enamorarse? Nueve meses antes había huido lo más lejos posible, pero en ese momento tenía que convencer a la única mujer que le importaba de que nunca más volvería a huir. Aún no había encontrado la manera de hacerlo. No podía prometerle que se quedaría en Cheyenne para siempre, pero no quería vivir sin Kayla. Tenía que encontrar la solución, fuera como fuera.

Miró el reloj. La cena estaba a punto de comenzar. Dylan Lassiter entró precipitadamente en el salón, ajustándose la corbata y alisándose el pelo. Parecía haber estado… ocupado. Bueno, al menos alguien lo estaba.

Entonces supo que Kayla había llegado. Sintió su presencia en el aire, como una carga magnética. La miró y ella le sonrió, y a Matt le dio un vuelco el corazón. Llevaba un vestido azul de tirantes con una minifalda ceñida y unos zapatos negros de tacón que resaltaban aún más sus fantásticas piernas.

Solo de verla se quedó sin aliento. Y por la sonrisa que le iluminó sus ojos azules debía de saber el efecto que le causaba. Matt avanzó hacia ella y, contraviniendo su plan, la estrechó en sus brazos para besarla de manera breve pero intensa.

–Estás increíble.

–Gracias –respondió ella, tocándose los labios con la mano.

Sí… Matt no sabía cómo había podía aguantar tan-

41

to tiempo sin tocarla. ¿De dónde había sacado la absurda idea de ir despacio cuando lo único que quería era aferrarla con todas sus fuerzas y no soltarla nunca más?

Pero muy pronto tendría que soltarla, a menos que encontrase la manera de seguir juntos. Y entonces lo supo. Los latidos se le aceleraron al verse invadido por una convicción absoluta sobre lo que realmente necesitaba y lo que quería más que nada en el mundo. Lo único que tenía que hacer era convencer a Kayla.

–¡Matt! –Evan apareció junto a ellos–. Lo siento, Kayla. Tengo que hablar un segundo con Matt.

–¿Qué pasa? –preguntó él, molesto por la interrupción justo cuando acababa de descubrir lo que quería y debía hacer.

–Solo quería decirte que voy a necesitar que vuelvas a Los Ángeles en cuanto acabe la boda.

Matt sintió a Kayla ponerse rígida a su lado. Genial. Sencillamente genial.

–El nuevo contable que has contratado quiere doblar el presupuesto y necesito que te ocupes personalmente.

–Claro –respondió él con sequedad–. Muy bien, me ocuparé de ello.

–Sé que lo harás –afirmó Evan con una amplia sonrisa–. Eso es todo. Prohibido hablar más de trabajo esta noche –buscó entre la multitud hasta localizar a Angelica–. Os veo después.

Se marchó y Matt miró a Kayla.

–Vas a marcharte pronto –dijo ella. No era una pregunta.

–Sí –murmuró él, pasándose una mano por el pelo.

Si hubiera podido le habría dado una paliza a Evan por echarlo todo a perder antes de tiempo.

–¿Después de la boda?

–Eso parece… Escucha, no quería hacer esto ahora, pero ya que ha salido el tema… Cheyenne siempre será mi hogar, pero también tengo una vida en California.

–Ya lo sé.

–Kayla… –nada estaba saliendo como quería.

Ella negó con la cabeza.

–Esta vez no me debes ninguna explicación, Matt –esbozó pequeña sonrisa–. Tú te marchas y yo me quedo. No me sorprende. Los dos sabíamos que tarde o temprano volverías a Los Ángeles.

Sí, lo habían sabido desde el principio, pero hasta aquel momento Matt no se había permitido reconocer que marcharse sin ella era del todo inaceptable. ¿Cómo podría renunciar a ella otra vez? Simplemente no podía. Tenía que hacérselo entender.

–Vamos a tomar un poco de vino –la agarró del brazo y la llevó hacia el bar.

–El vino no resolverá nada, Matt.

Testaruda hasta el final…

–Solo es una copa de vino, nada más.

Mientras cruzaban el salón, J.D. Lassiter levantó su botella de agua, frunció el ceño y la cambió por una copa de champán, que golpeó repetidamente con una cuchara hasta llamar la atención de todo el mundo.

–Quisiera decir unas palabras antes de que sirvan la cena.

Su enfermera parecía preocupada a su lado. Matt le tendió a Kayla una copa de vino blanco y advirtió el tono grisáceo de la piel de J.D.

–¿Se encuentra bien? –preguntó Kayla en voz baja, dejando sus diferencias aparte por un momento.

–No lo sé –lo que sí sabía era que nada podía detener a J.D. Lassiter una vez que se ponía en movimiento.

–Estamos todos aquí para celebrar el matrimonio de mi hija Angelica.

Se oyeron algunos aplausos, pero J.D. los silenció con un gesto.

–Soy un firme defensor de la familia –continuó con la voz cada vez más débil–. Un hombre no puede evitar cometer errores, pero al final lo único que cuenta es la familia.

Kayla miró a los presentes y se preguntó si nadie más advertía el estado de J.D., pero todos parecían pendientes exclusivamente de sus palabras.

–Todos los que estamos aquí esta noche somos familia. Familia biológica o familia política, no importa. Lo único que importa es que estamos para apoyarnos los unos a los otros pase lo que pase. Por eso os pido que levantéis vuestras copas…

Se quedó callado a mitad de la frase, con el gesto congelado en una expresión de vago asombro. La copa de champán se le cayó al suelo y se hizo añicos, pero no pareció darse cuenta. Dio un paso adelante y cayó de bruces, quedando inmóvil.

Los instantes siguientes parecieron transcurrir a cámara lenta. Kayla lo presenciaba todo desde lejos a pesar de encontrarse en medio del caos. Angie chillaba. Colleen se arrodilló junto a J.D. para aflojarle la corbata y tomarle el pulso, y comenzó a realizarle la respiración mientras Dylan y Sage se agachaban al otro lado de su padre. El resto de invitados se agolpaba en torno al gigante caído ahogando gemidos y gritos de horror.

Kayle rodeó a Angie con un brazo mientras Evan llamaba a urgencias. Apretó fuerte a su amiga, sintiendo sus temblores, y observó con impotencia cómo Colleen continuaba con la respiración.

Matt intentaba hacer retroceder a la multitud para dejar espacio a los que intentaban socorrer a J.D. Su mirada se encontró con la de Kayla y ella supo lo que estaba pensando. La situación era crítica. J.D. no reaccionaba, como una isla de silencio en medio de una tormenta.

Sage y Dylan ayudaban a Colleen como podían, como si pudieran usar su fuerza de voluntad para reanimarlo.

Y una parte de Kayla esperaba que J.D. se incorporase, soltara una sonora carcajada y les dijera a todos que solo había sido una broma.

Pero J.D. no se movió, y cuando se oyeron las sirenas a lo lejos Kayla apretó con más fuerza a su amiga, sabiendo que nada volvería a ser igual para ninguno de ellos.

Kayla se sentía impotente en el hospital. No podía ayudar a J.D. No podía ayudar a su amiga. No podía ayudarse a sí misma.

Angie estaba destrozada. Abrazada a Evan, sus sollozos resonaban en la escalofriante tranquilidad de una sala de espera fría y antiséptica. Colleen estaba sentada junto a Marlene, intentando consolarla mientras Sage y Dylan andaban nerviosamente de un lado para otro. Pasara lo que pasara aquella noche, Angie ya había decidido que la boda se pospondría indefinidamente, y Kayle le había prometido que haría todas las llamadas necesarias en cuanto se supiera algo.

Hasta entonces Kayla agradecía el calor y la fuerza de Matt, que le rodeaba los hombros con el brazo. La reconfortaba tenerlo a su lado, y aunque muy pronto se marcharía de nuevo en aquellos momentos estaba allí, con ella. Y sabía que se quedaría todo el tiempo que ella lo necesitara. Toda la noche si fuera necesario. Y más. Al pensar en eso supo que creía en él.

No estaba segura de cuándo ni cómo había sucedido, pero finalmente sabía que Matt la quería en su vida. Y tal vez los dos juntos pudieran encontrar la manera.

Una voz anónima habló por el altavoz. Marlene soltó un sollozo y Dylan les ofreció café a todos. Pero antes de que nadie pudiera responder entró un médico en la sala de espera y todos se pusieron en pie. Habían esperado mucho tiempo y por fin tendrían respuestas, pero por la cara del médico Kayla supo que no iba a gustarles lo que tenía que decir.

–Señorita Lassiter –dijo, deteniéndose delante de Angie.

–¿Sí? –Evan, Sage y Dylan la rodearon protectoramente.

–Lo siento –el médico miró a los miembros de la familia uno a uno antes de posar la mirada en Angie–. Hemos hecho todo lo que hemos podido, pero su padre ha fallecido.

Angie se tambaleó en brazos de Evan, Marlene

rompió a llorar y también lo hizo Colleen. Incluso a los impávidos hombres de la familia, incluido Evan, se les llenaron los ojos de lágrimas.

Kayla se quedó profundamente conmocionada. El estado de salud de J.D. era muy malo pero ¿cómo podía morir así, de repente, la víspera de la boda de su hija? En un instante todo había cambiado.

Era espantoso pensar que la vida, tan preciada y maravillosa, podía acabar de un momento para otro. Kayla se compadecía de su amiga y del resto de la familia, pero quizá era también una lección para no perder tiempo y hablar con los seres queridos mientras fuera posible.

Miró a Matt a los ojos y vio que también él estaba afectado. Pero se limitaba a abrazarla con fuerza, apretándola contra él, como si de algún modo pudiera protegerla de los envites del destino.

Días después Kayla seguía atendiendo las llamadas de todos los que querían saber cómo estaba Angie por la muerte de su padre. «¿Cómo creéis que está?», quería gritar. Pero se contuvo porque sabía que los demás se sentían tan impotentes como ella ante una tragedia semejante.

Para empeorarlo todo, no había vuelto a ver a Matt desde la fatídica noche. Habían pasado la noche juntos, abrazados y consolándose mutuamente en la oscuridad. Pero, al igual que nueve meses antes, por la mañana se había marchado. Sin decir palabra. Sin un beso de despedida. Nada.

No había sabido nada de él desde entonces, pero

con toda seguridad ella sabía que había vuelto a Los Ángeles.

¿Por qué lo había hecho? En esa ocasión Kayla había intentado llamarlo, pero no había recibido respuesta. ¿Estaría rompiendo definitivamente? Pero entonces ¿qué pasaba con todo lo que había dicho en las dos últimas semanas? ¿Qué pasaba con lo que ambos sentían? ¿No significaba nada? ¿Qué tenía que hacer ella, ignorar el dolor y seguir con su vida como si nada hubiera pasado?

Se sentía tan confusa y desgarrada que ni siquiera había ido a trabajar. Se había encerrado en casa para revivir la noche de la muerte de J.D. y tratar de poner en orden sus pensamientos y emociones, pero todo giraba en torno a Matt y no sabía qué hacer al respecto.

Lo que sí sabía era que de ninguna manera iba a pasar por lo mismo que antes. No se ahogaría en la angustia y la autocompasión. Si algo le había enseñado la muerte de J.D. era que la vida pasaba demasiado deprisa y que todo podía acabar en el momento más inesperado.

Estaba tomando un café cuando llamaron a la puerta. Dejó la taza en la mesa de la cocina y fue abrir. Lo último que se esperaba era encontrarse a Matt en el porche.

–Creía que te habías marchado –balbució.

Él respondió con un bufido y entró en la casa.

–¿Eso pensaste? ¿Que había vuelto a marcharme sin hablar contigo?

–Hace días que no te veo –replicó ella, cerrando la puerta y siguiéndolo al salón. Estaba más atractivo que nunca.

–Tenía mucho en que pensar.

–¿Y tenías que hacerlo lejos de mí?

–Sí, esta vez sí –la miró fijamente a los ojos y ella sintió la intensidad de su mirada. Lo había echado terriblemente de menos y solo volver a verlo ya era un alivio.

–Está bien. ¿Qué era eso tan importante que tenías que pensar?

–¿De verdad no lo sabes? –sacudió la cabeza–. Estaba pensando en ti, Kayla. En nosotros.

–¿En nosotros? –el corazón le dio un brinco.

–Pues claro –se pasó una mano por el pelo–. Desde la noche en que murió J.D. no he podido dejar de pensar en nosotros. He tenido incluso que aplazar mi regreso a California porque no podía marcharme sin dejar las cosas claras entre nosotros.

Kayla inspiró profundamente y contuvo el aire. No podría apartar los ojos de Matt ni aunque quisiera.

–Pero no he sabido nada de ti desde aquel día, Matt. Ni siquiera me devolviste la llamada.

–Lo sé –volvió a sacudir la cabeza–. Tienes motivos para estar disgustada, pero te pido que me escuches antes.

La última vez no habían hablado, y esa vez Kayla quería escuchar todo lo que tenía que decir.

–Cuando volví a Cheyenne sabía que quería retomar el contacto contigo. Hasta tenía un plan.

–¿Qué clase de plan? –vio las emociones reflejadas en su rostro, demasiado rápidas para poder identificarlas.

–Eso ya no importa. Creía que era un plan brillante. Se me da bien hacer planes –se puso a andar de un lado para otro del pequeño salón–. Pregúntale a cualquiera. Sé cómo conseguir los mejores contratos para Lassiter Media. Sé cómo ganar una fortuna en los negocios. Sé cómo comprar en secreto una maldita galería de arte…

–¿Has comprado una galería de arte?

Él volvió a resoplar.

–Sí. Se suponía que iba a ser una sorpresa para ti, en cuanto hubiera completado mi plan.

Kayla sintió que el suelo se movía a sus pies.

–¿Ya no es una sorpresa? –su confusión iba en aumento, pero al mirar a Matt no pudo evitar pensar que era la primera vez que parecía inseguro.

–Bueno, si te lo digo ya no puede ser una sorpresa –gruñó–. Sea como sea, el plan no puede completarse porque lo he abandonado.

–¿Por qué no me dices cuál era ese plan?

–Muy sencillo. Iba a ir despacio contigo. Sin prisas. Hasta ganarme tu confianza y conseguir que volvieras a creer en mí, en nosotros. Pero…

A Kayla se le formó un nudo en la garganta y se le contrajo el pecho. Había pensado que las cosas no podían ir peor, pero se había equivocado.

–Ya no me deseas.

–¿Estás loca? Tú eres todo lo que deseo, Kayla. El resto del mundo puede irse al infierno con tal de estar contigo.

El miedo dejó paso a la esperanza. Kayla aguantó la respiración, temerosa de seguir escuchando y también de no escuchar más.

–No, lo que ya no me interesa es el plan. Como te he dicho, pensaba tomarme todo el tiempo que fuera necesario para ganarme tu confianza. Sin prisas, sin presiones. Creía que era el mejor modo. Porque te quiero…

Kayla tuvo que agarrarse al respaldo de una silla para no caer. Eran las palabras que más ansiaba oír, pero Matt no se había percatado del efecto que le causaban porque seguía hablando. Y una sonrisa le curvó los labios a Kayla mientras se obligaba a escuchar.

–Sabía que necesitabas tiempo para creer en mí. Me había ganado con creces tu desconfianza, después de haberme ido sin decirte nada hace nueve meses. ¿Por qué ibas a aceptar mi palabra si te confesaba lo que sentía por ti?

–Matt… –intentó interrumpirlo para decirle que ella también lo amaba y que no quería perder más tiempo. Quería aprovechar la vida, aferrarse a él y no soltarlo nunca más. Pero él siguió hablando.

–Quería que estuvieras segura para corresponderme de igual manera y que te convencieras de que nunca más volvería a abandonarte –se detuvo ante la cafetera y sirvió una taza para cada uno, pero no se molestó en beber de la suya.

–¿Y qué ha cambiado? ¿Por qué has abandonado tu gran plan?

–J.D. murió de repente, sin esperárselo. Estaba allí de pie brindando por su hija y un segundo después se había ido.

–Lo sé, Matt, pero…

–No –le puso las manos en los hombros–. Nada de peros. Aquella noche vi lo rápido que puede cambiar o terminar todo. Me di cuenta de que al ir despacio contigo me arriesgaba a perderte. De modo que se acabó.

No voy a perder más tiempo. Voy a decirte cómo va a ser todo entre nosotros.

–¿De verdad? –se sentía tan feliz que le parecía estar flotando en una nube.

–De verdad. Te quiero. Siempre te he querido. Hace nueve meses fui demasiado cobarde para reconocerlo, pero ya no.

–Matt…

–Déjame acabar.

–Está bien –el corazón le latía tan fuerte que era extraño que Matt no lo oyera.

–El mes pasado compré una casa en Malibú. Está sobre un acantilado frente al océano.

–Debe de ser preciosa.

–Hay una habitación perfecta para transformarla en un estudio de arte, con mucha luz y unas vistas increíbles.

–¿Un estudio de arte? –el corazón se le iba a salir del pecho.

–Para ti, Kayla –se acercó a ella y le puso las manos en los hombros–. Puedes pasarte el día pintando si quieres. O puedes hacerte cargo de la galería donde trabajaste después de la universidad, ¿te acuerdas?

–Claro que me acuerdo. Me encantaba aquella galería –fue allí donde aprendió todo lo que sabía del arte y de los artistas–. ¿A qué te refieres con que me haga cargo de ella?

–La he comprado. Esta mañana cerré el trato por teléfono.

Kayla se tambaleó ligeramente, pero las manos de Matt la sostuvieron.

–¿Es la galería que has comprado? ¿Para mí?

–¡Pues claro que es para ti! –tiró de ella y Kayla sintió los frenéticos latidos de su corazón–. Te quiero. Quiero vivir contigo. En Los Ángeles.

–¿Los Ángeles?

–Cheyenne es también mi hogar. Estar lejos fue muy duro para mí –inclinó la cabeza hacia ella–. Conservaremos las dos casas si quieres, y alternaremos el tiempo entre los dos sitios. Pero sí, mi trabajo está en Los Ángeles y necesito que estés conmigo, Kayla. Necesito y quiero que estés conmigo.

–Quieres que me traslade a Los Ángeles contigo…

¿Abandonar su hogar para echar raíces en otro sitio? ¿Podría hacer algo semejante? ¿Quería hacerlo? Miró a Matt a los ojos y supo que la respuesta era un sí rotundo. Al fin y al cabo, ¿qué tenía en Cheyenne? Algunos buenos amigos y un buen trabajo en una galería de arte. Si se mudaba a Los Ángeles tendría al hombre de sus sueños, su propia galería y tal vez la posibilidad de empezar a pintar de nuevo. Los Ángeles no tenía el mismo encanto que Cheyenne, pero allí estaba Matt.

–No… Bueno, sí. Podemos casarnos en la costa.

–¿Casarnos? –se echó a reír y meneó la cabeza. Aquello era demasiado.

Entonces él la besó intensamente y respiró hondo antes de hablar.

–Lo he fastidiado por completo. Sí, quiero que nos casemos. Te estoy pidiendo que te cases conmigo, aunque no lo esté haciendo muy bien. Quiero te arriesgues, que te convenzas de que te quiero y que siempre podrás confiar en mí.

–Sí –una sola palabra, la única necesaria, la más importante del mundo en aquellos momentos. Era increíble lo fácil que le resultaba decirla. Se había pasado meses dándole vueltas a lo que sentía por Matt y pensando en lo que haría si él regresara. Pero teniéndolo delante todo era maravillosamente simple. Lo amaba. Y por fin sabía que él también a ella.

Estar con él era lo único que importaba. Fuera en Los Ángeles o en Cheyenne, todo sería perfecto mientras estuvieran juntos.

−¿Sí? −la miró con tanto amor y felicidad en los ojos que Kayla tuvo la respuesta a cualquier duda que pudiese albergar.

−Sí, me casaré contigo −susurró, poniéndole la mano en la mejilla−. Te quiero, Matt. Siempre te he querido. Por eso estaba tan enfadada y dolida.

Él giró la cara y le besó la palma.

−Lo sé. Y siempre me arrepentiré de haberte hecho daño, pero te prometo que nunca más volverá a pasar, Kayla. Te quiero más que a nada en el mundo.

−Te creo −dijo ella, y se puso de puntillas para besarlo−. Y no quiero perder ni un minuto más de mi vida sin ti.

−Gracias a Dios −la envolvió con sus brazos y la besó hasta que los dos se quedaron sin aliento−. Lo eres todo para mí, Kayla. Te quiero, y siempre te querré.

−Eso es todo lo que necesito saber, Matt. Yo también te quiero, y me muero por ver el estudio que me tienes preparado.

Él sonrió.

−Puedes verlo dentro de unas horas. Esta noche nos vamos en el avión de Lassiter.

−¿Esta noche?

–No vamos a perder ni un minuto más, Kayla. Vamos a empezar ahora mismo nuestra vida en común.

–Pero ¿qué pasa con la galería? Tengo que presentar mi dimisión. ¿Y Angie? No puedo abandonarla ahora.

Él la abrazó con fuerza y la miró a los ojos.

–Los dos estaremos ahí para Angie y para Evan. Cuando las cosas se hayan tranquilizado un poco ellos también volverán a California. Hasta entonces tengo que ocuparme de unos asuntos en Los Ángeles, pero podemos volver juntos el próximo fin de semana y quedarnos todo el tiempo que necesiten, ¿te parece bien?

Podían tener lo mejor de ambos mundos. La casa de Matt en Los Ángeles y la casita de Kayla en Cheyenne. No habría que renunciar a nada. Todo era positivo.

Tendría que dar un salto de fe, pero Kayla sabía que con Matt sería más feliz de lo que nunca había soñado.

Le sonrió y se abandonó a la promesa de amor y felicidad que le ofrecía.

–Voy a por mi bolso.

Una herencia misteriosa

Maureen Child

Capítulo Uno

En el bufete de Drake, Alcott y Whittaker había demasiada gente para el gusto de Sage Lassiter. Prefería estar en su rancho, al aire libre, bajo el cielo primaveral de Wyoming. Pero no tenía más remedio que asistir a la lectura del testamento de su padre adoptivo.

J.D. Lassiter había muerto un par de semanas antes y a Sage aún le costaba asumirlo. Habría apostado la mitad de su fortuna a que J.D. era demasiado cabezota para morirse. Pero estaba muerto y Sage tenía que aceptar que ya nunca podría arreglar las cosas entre él y el hombre que lo había criado. Una vez más el viejo había tenido la última palabra.

Sage no sabría decir cuándo empezaron a distanciarse. No había ocurrido nada concreto que pudiera señalarse como el comienzo del fin. Lo que recordaba era un lento e inexorable deterioro de lo que podría haber habido entre ellos. Fuera como fuera, ya era demasiado tarde para pensar en ello. Las viejas heridas y resentimientos no tenían cabida en aquel despacho.

–Pareces a punto de destrozar algo –le susurró Dylan, su hermano menor.

Sage lo miró con dureza.

–No. Simplemente me cuesta creer que estemos aquí.

–Lo sé –Dylan se apartó un mechón castaño de la

frente y miró a su alrededor–. Yo tampoco me puedo creer que J.D. se haya ido.

–Estoy preocupado por Marlene.

Dylan siguió la dirección de su mirada. Marlene Lassiter había sido como una madre sustituta para Sage, Dylan y Angelica después de que Ellie Lassiter muriera al dar a luz a Angelica. Había estado casada con Charles, el hermano de J.D., y al quedarse viuda volvió a Wyoming a vivir en Big Blue, el rancho de los Lassiter. Siempre había sido un sostén vital para la familia.

–Estará bien –dijo Dylan, pero puso una mueca cuando Marlene se llevó un pañuelo empapado a la boca como si intentara ahogar un sollozo.

–Espero que tengas razón –murmuró Sage. No soportaba ver sufrir a Marlene y no poder hacer nada para aliviarla.

Chance Lassiter, el hijo de Marlene, estaba sentado junto a ella y le pasaba un brazo por los hombros. Vestido con una chaqueta de cuero sobre una camisa blanca, vaqueros azules, botas y sombrero Stetson, era un vaquero de pura cepa y el administrador del Big Blue, el rancho de treinta mil acres de J.D.

–¿Tienes idea de qué dirá el testamento? –preguntó Dylan–. No he podido sacarle nada a Walter.

–No me extraña –dijo Sage con una sonrisa irónica. Walter Drake no era solo el abogado de J.D. sino prácticamente su clon. Los dos hombres más testarudos y reservados que Sage había conocido en su vida. Walter los había llamado a todos para comunicarles simplemente el lugar y la hora.

Sage no esperaba recibir nada del viejo, ni falta que

le hacía. Había amasado su propia fortuna desde que en la universidad invirtió con gran acierto en la brillante idea de un amigo. Sus posteriores inversiones le hicieron ganar millones de dólares y no dependía para nada del legado Lassiter; de hecho le sorprendía que lo hubiesen convocado. Se había distanciado de la familia hacía mucho, y él y J.D. nunca habían estado precisamente unidos.

–¿Has hablado con Angelica? –le preguntó Dylan, mirando a su hermana. Estaba sentada junto a su novio, Evan McCain, y tenía la cabeza apoyada en su hombro.

–Últimamente no –Sage frunció el ceño y pensó en la hermana a la que tanto querían él y Dylan. Su boda había sido aplazada indefinidamente y nadie sabía lo que ocurriría a continuación. Angelica tenía los ojos enrojecidos por el llanto y unas ojeras que delataban falta de sueño–. Hace dos días fui a verla con la esperanza de poder hablar con ella, pero lo único que hacía era llorar y gritar. No soporto verla así pero ¿qué podemos hacer por ella?

–La verdad es que no mucho –admitió Dylan–. La vi ayer, pero no quiso hablar de lo sucedido. Y Evan me ha confesado que no duerme y que apenas come. Ha sido un golpe demoledor para ella, Sage.

Sage asintió.

–Es normal. El viejo y ella estaban muy unidos. Y que encima muriera la víspera de su boda lo hace aún más traumático. Tenemos que ayudarla a superarlo. Uno de nosotros tiene que ir a verla a diario.

–A Evan le encantará tenernos todo el día en casa –comentó Dylan con ironía.

–Fue él quien insistió en entrar en la familia Lassiter –señaló Sage–. Si se queda con una nos tiene que aceptar a todos. Cuanto antes lo asuma, mejor.

–Es verdad. De acuerdo, estaremos muy pendientes de Angelica.

Dylan siguió hablando de sus planes para el restaurante que se disponía a abrir, pero Sage había dejado de escucharlo. Miró a Colleen Falkner, la enfermera personal de J.D., que había entrado sigilosamente en el despacho y que había ocupado una silla junto a Marlene. La anciana le dedicó una temblorosa sonrisa de bienvenida y le apretó la mano.

Sage entornó la mirada y sintió un tirón en el pecho, igual que le había pasado la noche de la cena. La noche en que murió J.D.

Aquella noche se había fijado en ella por primera vez. Se habían conocido de pasada, pero en aquella ocasión había algo en ella que le llamó la atención. Tal vez fue su larga y reluciente melena rubia cayéndole ondulada por la espalda. O el corto vestido rojo y los tacones negros que acentuaban sus larguísimas piernas. Lo único que Sage sabía con certeza era que al cruzarse sus miradas había sentido una conexión entre ambos. Había echado a andar hacia ella con la intención de hablarle, pero el ataque de J.D. lo cambió todo.

A la lectura del testamento no se había presentado vestida para una fiesta. Llevaba unos pantalones holgados y un jersey azul, y se había recogido el pelo en una trenza que le colgaba entre los omoplatos. Sus grandes ojos azules brillaban por las lágrimas, y sus carnosos y suculentos labios se ofrecían como una tentación irresistible.

Si no la hubiera visto con aquel vestido rojo en la fiesta, nunca se habría imaginado las curvas que ocultaba su armadura de lana y algodón.

Apenas se cruzaba con ella, ya que su relación con J.D. no era precisamente cordial y Sage evitaba pisar Big Blue. Pero aquella noche lo había inquietado. No solo era hermosa, sino que había sido la primera en reaccionar cuando J.D. cayó al suelo, gritando órdenes como un general e intentando reanimar a J.D. hasta que llegó la ambulancia. Su lealtad le había granjeado el respeto y el afecto de la familia, como se veía en la forma en que Marlene le apretaba la mano, pero por otro lado seguía siendo un misterio. ¿De dónde había salido? ¿Por qué había aceptado ser la enfermera de un viejo cascarrabias en un rancho apartado? ¿Y a Sage qué demonios le importaba?

–¿Qué te pasa con Colleen? –le preguntó Dylan.

–¿Por qué lo dices?

–Bueno… la estás mirando con tanta intensidad que vas a prenderle fuego en el pelo. ¿Qué pasa?

–Cállate –espetó Sage, molesto por haber sido descubierto.

–Ah, buena respuesta –Dylan sonrió y se inclinó hacia Chance para preguntarle algo.

Sage aprovechó para mirar de reojo a Colleen, quien estaba susurrándole algo a Marlene. Observó disimuladamente su larga trenza sobre el hombro; los rizos rubios rozaban la piel desnuda de la nuca y Sage sintió un deseo repentino de tocarla. De acariciar aquella piel, de deslizar los dedos por el pelo y… Se reprendió a sí mismo. La única razón por la que podía estar allí era que J.D. la hubiese incluido en su testamento. El viejo había necesitado la asistencia permanente de una enfermera en los últimos meses, pero ¿tenía que ser una tan atractiva? ¿Por eso había aceptado ella el encargo de cuidarlo? ¿Con la esperanza de recibir una recompensa? Quizá debería investigar un poco a Colleen Falkner, pensó Sage. Para asegurarse de…

—Otra vez la estás mirando —observó Dylan.

Sage lo fulminó con la mirada.

—¿No tienes nada mejor que hacer?

—Ahora mismo no.

—Pues deja de incordiarme, ¿quieres?

—Solo me resulta curioso lo fascinado que pareces estar por Colleen.

—Yo no estoy fascinado —se removió en la silla e intentó dejar de pensar en ella. ¿Cómo podía atraerlo de aquella manera si ni siquiera habían hablado?

—No es lo que parece.

—Yo de ti iría al oculista —no estaba fascinado. Estaba… interesado. Había una diferencia.

Dylan se rio. Era imposible ofenderlo. Sage pensaba que su hermano menor, siempre tan animado y natural, había heredado toda la paciencia de la familia. Pero también podía ser más testarudo y pesado que nadie cuando se le metía algo en la cabeza.

Como en aquellos momentos.

—Es soltera —dijo Dylan.

—Genial.

—Solo estoy diciendo que podrías salir de tu rancho de vez en cuando, tener una cita de verdad… con Colleen, por ejemplo.

Sage echó la cabeza hacia atrás y miró a su hermano.

–¿Desde cuándo trabajas para una agencia de contactos?

–Tú mismo –murmuró Dylan–. Sigue siendo un ermitaño si eso es lo que te gusta, viviendo en ese rancho aislado sin querer saber nada del mundo.

–Yo no soy un ermitaño.

–¿Ah, no? ¿Cuándo fue la última vez que estuviste con una mujer?

–No es asunto tuyo, pero he estado con muchas mujeres.

–¿Aventuras de una noche? Qué bonito…

Sage prefería las aventuras de una noche. No quería saber nada del compromiso y solo buscaba placer sin complicaciones. Si su hermano ansiaba algo más en la vida mejor para él. A Sage le gustaba su vida tal cual era, libre como el viento, sin tener que darle explicaciones a nadie. Cuando quería estar con una mujer, la encontraba sin problemas. Y cuando quería estar solo, nadie lo incordiaba.

–Ahora que lo dices, yo tampoco te he visto tener relaciones serias.

Dylan se encogió de hombros y cruzó los brazos sobre el pecho.

–No estamos hablando de mí.

–Pues ya está bien de hablar de mí.

La puerta del despacho se abrió y entró el abogado Walter Drake.

–¿Ya estáis todos? –recorrió a los presentes con la mirada y asintió–. Entonces podemos empezar.

–No sé si estoy listo para esto –murmuró Dylan.

Sage estaba más que listo. Quería acabar cuanto antes y volver a su rancho.

Walter, un hombre de edad avanzada que parecía el típico mayordomo, se acomodó tras una amplia mesa de roble y se puso a ordenar innecesariamente un montón de papeles. El crujido de las hojas y el viento haciendo vibrar la ventana eran los únicos sonidos en la habitación, donde todos parecían estar conteniendo la respiración.

Walter estaba disfrutando claramente del momento. Todas las miradas estaban puestas en él. Le dedicó una sonrisa compasiva a Angelica y empezó a hablar.

–Sé lo duro que es esto para todos vosotros, de modo que intentaré ser lo más breve posible.

Sage lo agradeció en silencio.

–Como todos sabéis, J.D. y yo nos conocíamos desde hacía más de treinta años –se detuvo un momento y sonrió–. Era un hombre muy testarudo y orgulloso, y quiero que todos sepáis que se tomó muy en serio su testamento. Hace unos meses volvió a hacerlo porque quería asegurarse de hacer lo correcto para todos vosotros.

Sage se pasó una mano por la cara y se removió incómodamente en la silla. Echó un rápido vistazo por la ventana y vio el cielo cubriéndose de nubes negras. La primavera en Wyoming, pensó. Podía hacer sol por la mañana y nevar por la tarde. Parecía que se estaba acercando una tormenta, lo que acuciaba a regresar al rancho cuanto antes.

–Hay muchas otras cláusulas referidas a las personas con quienes J.D. mantuvo una buena relación a lo largo de los años –seguía diciendo Walter–. Pero hoy no voy a leerlas, ni tampoco diré nada de otros asuntos de la herencia que serán tratados por separado.

Sage frunció el ceño y miró a Walter. ¿Tratados por separado? ¿Por qué? ¿Qué intentaba ocultar el abogado? Mejor dicho, ¿qué había intentado ocultar J.D.? Se inclinó hacia delante y clavó la mirada en Walter como si este fuera a interpretar un truco de magia.

–Esa parte del testamento aún no puede serle comunicada a la familia –fue la sorprendente revelación de Walter.

–¿Por qué no? –la pregunta de Sage rompió el silencioso estupor en el que todos habían quedado sumidos.

–Era la voluntad de J.D.

–¿Y eso cómo lo sabemos? –sabía que era una pregunta ofensiva, pero no pudo reprimirse. Odiaba los secretos.

Dylan le dio un codazo en las costillas, pero Sage no se inmutó y siguió mirando fijamente al abogado.

–Porque así os lo estoy diciendo –respondió Walter, visiblemente ofendido.

–Vamos, Sage –le murmuró Dylan–. Déjalo.

Sage accedió, pero solo porque Marlene se había girado en la silla para mirarlo con el ceño fruncido. No quería preocuparla más de lo que ya estaba. Se obligó a guardar silencio por el momento, pero eso no significaba que fuera a olvidarse de ello.

–Aclarado ese punto, me gustaría continuar –dijo Walter con firmeza–. Al fin y al cabo estamos aquí para tratar lo más importante del testamento –se detuvo un momento para mesarse la barba plateada y pulcramente recortada–. Os agradezco a todos que hayáis venido habiéndoos avisado con tan poca antelación y os prometo que intentaré acabar lo más rápido posible.

Sage no supo si aquel abogado intentaba mantener el suspense a propósito o si simplemente era así de teatrero. En cualquier caso, todos esperaban removiéndose nerviosamente en sus asientos.

–A mi querida cuñada, Marlene… –Walter hizo una pausa para sonreírle– le dejo un diez por ciento Big Blue y la casa principal del rancho. Le dejo también suficiente dinero para que mantenga su estilo de vida… –Walter volvió a detenerse y levantó la mirada–. J.D. se cansó de la terminología legal y me hizo escribir el resto tal y como lo estoy leyendo –respiró hondo y continuó–: Marlene, quiero que empieces a divertirte un poco. Sal ahí fuera y disfruta de la vida. Eres una mujer muy atractiva y demasiado joven para encerrarte y morir sola.

Marlene soltó una breve carcajada y se secó las lágrimas. Los demás también se rieron e incluso Sage tuvo que sonreír. J.D. y Marlene habían sido pareja extraoficial durante años. La presencia de Marlene había sido providencial para tres niños huérfanos de madre y para un hombre que había perdido al amor de su vida.

–A Chance Lassiter, mi sobrino, le dejo el sesenta por ciento del rancho Big Blue y el dinero suficiente para disfrutar un poco –Walter hizo una pausa–. Las cantidades mencionadas en el testamento están específicamente detalladas y serán discutidas en privado con cada uno de vosotros en una cita posterior.

Chance no salía de su asombro, y Sage se alegró por él. El rancho era su pasión y se dedicaba a él en cuerpo y alma, igual que había hecho J.D.

–Cuida de Blue, Chance –leyó Walter–, y él hará lo mismo por ti.

–A Colleen Falkner –continuó, y Sage desvió la mirada hacia la rubia–, le dejo tres millones de dólares.

Colleen ahogó un gemido y se echó hacia atrás en la silla. Boquiabierta y con sus ojos azules abiertos como platos, parecía tan sinceramente sorprendida como Sage. ¿J.D. le había dejado tres millones de dólares a su enfermera?

–Colleen, eres una buena chica, y quiero que uses este dinero para hacer realidad tu sueño. No esperes a que sea demasiado tarde.

–Dios mío… –Colleen sacudió la cabeza sin poder creerse lo que estaba oyendo, pero Walter siguió leyendo.

–A mi hijo Dylan Lassiter le dejo el control accionario de Lassiter Grill Group y el dinero suficiente para llevar la empresa a lo más alto. Ah, y también el diez por ciento del Big Blue. Es tu casa. No lo olvides nunca.

Sage vio el desconcierto reflejado en el rostro de Dylan. ¿Cómo no iba a quedarse de piedra si de un momento a otro se había convertido en el propietario de una de las cadenas de restaurantes más importantes del país?

–Mi hijo, Sage Lassiter…

Sage se preparó para lo siguiente. La reprimenda póstuma de J.D. para recordarle delante de todos la distancia insalvable que se había abierto entre ellos a lo largo de los años.

–Sage –leyó Walter, sacudiendo la cabeza–, eres mi hijo y te quiero. Hemos tenido más enfrentamientos de los que puedo recordar, pero no te confundas. Eres un Lassiter de la cabeza a los pies. Te dejo el veinticinco por ciento de Lassiter Media, un diez por ciento del Big Blue, para recordarte que siempre será tu hogar, y algo de dinero que seguramente no quieras ni necesites.

Sage se quedó estupefacto.

—Has levantado tu rancho a tu manera, igual que hice yo. Admiro tu tesón e independencia. Por eso quiero que aceptes este dinero y lo inviertas en tu rancho. En algo que te recuerde que tu padre te quería, a pesar de nuestras diferencias.

El viejo lo había sorprendido una vez más. A Sage se le formó un doloroso nudo en la garganta que le impedía respirar. Si no salía de allí enseguida iba a hacer el ridículo. ¿Cómo demonios podía J.D. conmoverlo de aquella manera desde la tumba? ¿Cómo había podido plasmar por escrito lo que no había podido hacer en vida?

—Por último, mi querida hija, Angelica Lassiter —seguía leyendo Walter—. Tú eres la luz de mi vida, el bálsamo de mi vejez y el sosiego de mi espíritu.

Sage vio como el bonito rostro de su hermana volvía a llenarse de lágrimas.

—Por eso te dejo un diez por ciento del Big Blue, al igual que a tus hermanos, la propiedad de Beverly Hills, California, suficiente dinero para tus caprichos y un diez por ciento de Lassiter Media.

—¿Qué? —Sage se puso en pie de un salto, seguido por Dylan.

Todo el respeto que aún pudiera albergar por su padre adoptivo se desvaneció en un santiamén. ¿Cómo podía hacerle el viejo algo así a Angelica? La había educado durante años para que se hiciera cargo de Lassiter Media, un conglomerado de radio, televisión, prensa e Internet. Angelica había dirigido la maldita empresa desde que J.D. se puso enfermo. ¿Cómo podía dejarla fuera?

–¿Se trata de una broma? –espetó, lleno de furia e indignación–. ¿Me deja a mí más que a Angie, que ha sido la que ha sacado la empresa adelante? ¡Es de locos!

–Impugnaremos el testamento –dijo Dylan, poniéndole una mano en el hombro a su hermana.

–Pues claro que lo impugnaremos –afirmó Sage, mirando al abogado como si todo fuera culpa suya.

–Hay más –dijo Walter. Carraspeó incómodamente y siguió leyendo–: Os advierto que si intentáis contravenir este testamento lo lamentaréis. El cuarenta y un por ciento de las acciones de Lassiter Media, así como la presidencia y el título de director ejecutivo, se lo dejo a Evan McCain.

–¿Evan? –Angelica se apartó de su novio al tiempo que él se levantaba, mudo de asombro.

–¿Qué demonios está pasando aquí, Walter? –exigió saber Sage, rodeando la mesa para agarrar el testamento y leerlo por él mismo.

–J.D. sabía lo que quería hacer y lo hizo –dijo el abogado.

–Esto no puede quedar así –protestó Marlene.

–Desde luego que no –afirmó Dylan, arrebatándole el testamento a su hermano.

–No está bien –dijo Chance, levantándose lentamente. Su voz, tranquila y suave, apenas se oía en la confusión reinante.

–No puedo creerlo –murmuró Angelica, mirando a su novio como si fuera un desconocido.

–Te juro que yo no sabía nada de esto –declaró Evan. Dio un paso hacia ella, pero se detuvo cuando Angelica retrocedió.

–Pues alguien sí lo sabe, y voy a descubrir lo que está pasando –prometió Sage, y miró hacia la puerta. Colleen Falkner estaba escabulléndose del despacho como un fantasma.

Había conseguido lo que quería. Sage se preguntó qué había tenido que hacer para conseguir tres millones de dólares y si había conocido los planes de J.D. ¿Habría estado implicada en la decisión de robarle a Angie lo que más le importaba en el mundo?

Iba a descubrir la verdad, costase lo que costase.

Colleen se apoyó en la puerta, cerró los ojos e intentó que el aire le llegase a los pulmones. El corazón le latía tan fuerte y rápido que se sentía mareada.

No se había esperado nada semejante.

¿Tres millones de dólares?

Las lágrimas le abrasaban los ojos, pero parpadeó frenéticamente para contenerlas. No era el momento de llorar por la muerte de un amigo… ni de pensar en el futuro que ese amigo acababa de hacer posible.

Detrás de ella se oían gritos ahogados al otro lado de la puerta. La voz de Sage Lassiter era la más reconocible, pero no le hacía falta gritar para hacerse oír. Su tono frío e incisivo bastaba para atraer la atención de todos los presentes.

La de Colleen incluida.

Había sentido cómo la observaba, y ella le había echado un par de breves miradas por encima del hombro. La ponía nerviosa. Siempre lo había hecho. Por eso procuraba esfumarse cada vez que él iba al rancho Big Blue para visitar a su padre… lo que no sucedía muy a menudo.

Era irresistiblemente varonil. Una fuerza de la naturaleza. La clase de hombre por la que se morían las mujeres. Y ella era la clase de mujer en la que los hombres como él nunca se fijaban. Aunque aquel día sí que se había fijado en ella… y no parecía muy contento.

Miró la puerta cerrada tras ella y echó a correr hacia los ascensores. Quería estar muy lejos de allí antes de que Sage saliera de aquel despacho.

Capítulo Dos

Solo consiguió llegar hasta el aparcamiento.

–¡Colleen!

Se detuvo junto al coche y respiró profundamente. La voz era inconfundible.

No fue el gélido viento de Wyoming lo que le puso la piel de gallina. Era él. Colleen solo había estado tan cerca de Sage Lassiter en una ocasión. La noche de la cena de ensayo de Angelica. Había sentido cómo la observaba en el abarrotado restaurante. El calor de su mirada la había aturdido y le había desatado una espiral de deseo por todo el cuerpo. Su sonrisa le había hecho sentir mariposas en el estómago. Y cuando echó a andar hacia ella las rodillas le temblaron tanto que a punto estuvo de derrumbarse.

Pero cuando estaba lo bastante cerca de ella para que Colleen pudiera ver el brillo de sus ojos, J.D. sufrió el ataque al corazón y todo cambió para siempre.

Al pensar en aquella noche se dijo que era tonta por contemplar siquiera la posibilidad de que Sage estuviera interesado en ella. Seguramente solo quería preguntarle por el estado de su padre. O dónde estaban los lavabos.

Ella había albergado el recuerdo como algo mágico y maravilloso, pero era hora de asumirlo. Un hombre como él jamás se fijaría en una mujer como ella. Por desgracia, la amarga realidad no le impedía seguir pensando en él.

Y allí volvía a estar, acercándose a ella y haciéndola temblar como un flan. Colleen se giró y se apartó los mechones que el viento le agitaba sobre el rostro.

El corazón casi se le salió del pecho al verlo. Sage Lassiter avanzaba a grandes zancadas por el aparcamiento. Parecía un hombre en pos de un objetivo. Llevaba vaqueros negros, botas y una cara cazadora negra sobre una camisa blanca. El viento le agitaba los cabellos castaños en la frente y le hacía entornar sus increíbles ojos azules. Le bastaron pocas zancadas para llegar hasta ella, y Colleen tuvo que echar la cabeza hacia atrás para mirarlo a los ojos. Y al hacerlo sintió un escalofrío por la espalda. Durante tres meses había escuchado a J.D. hablar de su familia, y gracias a eso sabía que Sage era implacable en los negocios, tranquilo, obstinado y decidido a labrarse su propio éxito en vez de aprovecharse del apellido Lassiter. Y aunque esa parte de su carácter irritaba a J.D. era evidente que también admiraba a Sage por ello. Al fin y al cabo, J.D. había hecho lo mismo cuando empezó a abrirse camino.

Con todo, estar cara a cara con el hombre que había colmado sus pensamientos le resultaba inquietante. Tal vez si no hubiera pasado tanto tiempo soñando despierta con él no se sentiría tan incómoda en aquella situación. Volvió a respirar hondo y contuvo el aire, intentando calmarse. Pero un destello de algo indescifrable en sus ojos decantó la balanza a favor de los nervios.

El viento soplaba desde la montaña, envolviéndolos con su invisible manto helado. Colleen agradeció el aire frío. Fue como una bofetada de sentido común, y aunque no bastó para sofocar sus hormonas, su próximo pensamiento sí que lo hizo.

El único motivo por el que Sage la había seguido era que ambos habían asistido a la lectura del testamento.

—Siento mucho lo de tu padre.

Él frunció brevemente el ceño.

—Gracias. Me gustaría hablar contigo…

—¿Sí? —el corazón se le volvió a desbocar. Era un hombre irresistiblemente atractivo y varonil, envuelto por un aura de fuerza y misterio. La clase de hombre que los demás hombres envidiaban y las mujeres deseaban, ella incluida—. ¿Quieres hablar conmigo?

—Sí —su voz, grave y profunda, retumbaba dentro de ella—. Tengo un par de preguntas…

La fascinación se disolvió al instante y Colleen se reprendió por ser tan ingenua. ¿Cómo podía soñar con que un hombre tan apuesto estuviera interesado en ella cuando acababa de perder a su padre? Sabía muy bien que las familias siempre tenían preguntas sobre el pariente fallecido. Querían saber cómo habían sido sus últimos meses, cómo se habían sentido, qué cosas habían dicho… Y siendo la enfermera personal de J.D. Colleen había pasado con él la mayor parte de sus últimos días.

Seguramente Sage había querido hablar con ella de lo mismo la noche de la fiesta. Y Colleen casi se había convencido de que el rico y guapísimo Sage Lassiter tenia un interés personal en ella… Qué idiota había sido. La vergüenza y la decepción la invadieron, dificultando que su empatía natural saliera a la superficie.

–Claro –instintivamente le puso una mano sobre la suya. Una descarga eléctrica le subió por el brazo y se le propagó por el cuerpo, tan intensa y real que no le habría extrañado ver el arco de luz brillando entre ellos.

Retiró rápidamente la mano y apretó el puño intentando sofocar el hormigueo.

Sage entornó los ojos y ella supo que también él lo había sentido. Pero entonces se pasó la mano por el pelo, frunció el ceño y con su mirada le hizo saber que, cualquier cosa que hubiera sentido, estaba tan decidido como ella a ignorarlo.

–No, no tengo ninguna pregunta sobre J.D. En realidad, eres tú la que me intriga.

–¿Yo? –levantó la mirada, sorprendida–. ¿Qué tengo yo de intrigante?

–Oh, no sé… En pocos meses has pasado de ser enfermera a millonaria.

–¿Qué? –su confusión no dejaba de aumentar.

Él esbozó una fría sonrisa.

–Es un gran salto, ¿verdad? Solo quería darte la enhorabuena.

–¿La enhora…? ¿Pero de qué estás hablando? –poco a poco recuperó la lucidez mental y comprendió lo que le estaba diciendo. La herencia. El dinero que J.D. le había dejado–. No sé si «enhorabuena» sería la palabra correcta.

–¿Por qué no? –apoyó una mano en el techo del viejo todoterreno de Colleen–. De enfermera privada a millonaria en un solo paso. ¿Cuánta gente podría aspirar a algo así?

Un escalofrío la hizo estremecerse. Miró a su alrededor. Solo había media docena de coches desperdigados por el aparcamiento. El edificio se cernía sobre ella, y desvió la mirada hacia las montañas a lo lejos. El sol se reflejaba en las cumbres nevadas. Nubes grises empezaban a cubrir el cielo azul y el viento incesante le agitaba los cabellos.

La imagen de las montañas la relajó, como siempre. Su madre y ella se habían trasladado a Cheyenne hacía años, y desde el primer momento Colleen se había sentido en casa. No añoraba las playas ni el sol de California. Su lugar estaba entre aquellas montañas, los espacios abiertos, los árboles, el aire fresco y vigorizante…

–No sé a lo que te refieres –pero lo sabía. Naturalmente que lo sabía. Los ojos de Sage eran fríos y tenía la mandíbula apretada, como si estuviera tragándose todo lo que en realidad quería decirle. J.D. le había hablado mucho de Sage. Lo había descrito como «duro» e «implacable», y por primera vez Colleen lo estaba comprobando por sí misma. Era muy distinto al hombre que la había seducido con la mirada en un salón lleno de gente dos semanas antes.

–Creo que me entiendes muy bien –ladeó la cabeza–. Simplemente me resulta curioso que J.D. decidiera dejarle tres millones de dólares a una mujer a la que hace tres meses ni siquiera conocía.

Colleen se sentía como un bicho examinado al microscopio, pero el aturdimiento inicial empezó a dejar paso a la indignación. Aún se sentía conmocionada por la muerte de J.D. y el hecho de que la hubiese incluido en su testamento. Pero frente a la mirada acusadora de Sage se preguntó si los demás pensarían lo mismo que él. ¿Toda la familia Lassiter sospecharía de ella? No solo los Lassiter, sino tal vez toda la ciudad de Cheyenne…

La idea le provocaba escalofríos. Había hecho de Cheyenne su hogar y no quería perderlo todo por culpa de los rumores y las calumnias. Ella no había hecho nada malo. Había ayudado a un anciano en sus últimos días y había disfrutado de su compañía. ¿Desde cuándo eso era un crimen?

Por atractivo que fuera, Sage Lassiter no tenía derecho a insinuar que ella había engañado a J.D. para que le dejara el dinero.

–No sabía que iba a hacer algo así.

–¿Y se lo habrías impedido de haberlo sabido?

El sarcasmo con que lo dijo le ofendió profundamente.

–Lo habría intentado –en aquello podía ser completamente honesta, y lo sería hasta que la gente la creyera.

–¿Lo dices en serio?

–Totalmente –espetó, y experimentó una gran satisfacción al ver su expresión de asombro–. Independientemente de la idea que tengas de mí, soy muy buena en mi trabajo y no suelo recibir regalos de mis pacientes.

–¿Regalos? –repitió él con sorna–. ¿Te parece que tres millones de dólares son un regalo?

–Es un regalo lo que representan y… –se calló. No le debía ninguna explicación, y si intentaba darle una seguramente él no la aceptara.

Sus facciones parecían esculpidas en mármol. No se detectaba la menor emoción, nada que suavizara la implacable mirada con que parecía estar traspasándola.

Colleen intentó serenarse y recordar que cada uno manifestaba el dolor a su manera. Sage acababa de perder a un padre con el que apenas había mantenido contacto. Una batalla emocional debía de estar librándose en su interior, y seguramente era más fácil arremeter contra una desconocida que enfrentarse a lo que debía de estar sintiendo en aquellos difíciles momentos. Aunque ella sabía por sus charlas con J.D. que él y su hijo mayor no habían estado muy unidos, Sage aún tenía que asimilar una pérdida para la que no estaba preparado. Era normal que reaccionara de aquel modo con ella.

Aquella reflexión la ayudó a recuperar la compostura.

—No me conoces, por lo que puedo entender que me veas de esa manera. Pero lo que J.D. hizo ha sido una sorpresa tan grade para mí como para ti.

Transcurrieron unos segundos en tenso silencio. Colleen se preguntó qué estaría pensando, pero sus rasgos no delataban nada.

—Puede que haya sido un poco duro —admitió él finalmente.

Ella le sonrió, pero él no le devolvió la sonrisa.

—Un poco, sí. Pero es comprensible, teniendo en cuenta lo que estás pasando. Lo entiendo.

—¿De verdad lo entiendes? —seguía mirándola fijamente, pero el hielo de su mirada se había derretido un poco.

—Cuando mi padre murió fue horrible, a pesar de que nos lo esperábamos desde hacía meses. Pero la muerte es siempre una sorpresa. Es como si el universo te jugara una mala pasada. Estaba tan furiosa y desesperada por haberlo perdido que necesitaba a alguien en quien descargar toda mi frustración –lo miró a los ojos–. Igual que todos.

Él soltó un bufido.

–¿Enfermera y psicóloga?

Ella se puso colorada.

–No, solo quería decir que…

–Sé lo que quieres decir –la interrumpió él antes de recibir una compasión que obviamente no quería.

Su expresión volvió a cubrirse con una máscara de hielo. Miró por encima del hombro y vio que su familia estaba saliendo del edificio.

–Tengo que irme.

Colleen miró en dirección adonde Marlene y Angelica se sostenían mutuamente mientras Chance, Dylan y Evan discutían entre ellos.

–Claro.

–Pero me gustaría volver a hablar contigo –dijo, pillándola por sorpresa–. Sobre J.D. –añadió rápidamente.

Pues claro que quería hablar con ella de su padre. Quería intercambiar impresiones con la mujer que más tiempo había pasado con él en los últimos meses. Era absurdo pensar que estuviese interesado en ella. Sage Lassiter salía con mujeres famosas o de su mismo estatus social. ¿Qué atracción podría sentir por una humilde enfermera que ni siquiera tenía un bote de esmalte?

–Claro –repitió, dedicándole una sonrisa que no obtuvo respuesta–. Cuando quieras.

Él asintió, se giró y se alejó por el aparcamiento hacia su familia.

Sola y azotada por el viento, Colleen levantó la mirada hacia el cielo y vio que se avecinaba una tormenta.

–¿En qué estaría pensando para castigar a Angie de esa manera? –exclamó Dylan antes de tomar un trago de cerveza–. Papá la estuvo preparando durante años para que se hiciera cargo de Lassiter Media.

Estaban en un pequeño bar a las afueras de la ciudad. Marlene se había llevado a Angelica a un balneario con la esperanza de relajarla, Evan había regresado a la oficina y Chance estaba en el rancho. Al quedarse los dos solos, Sage y Dylan habían optado por tomar algo y hablar del asunto.

El local estaba frecuentado por lugareños, principalmente vaqueros y rancheros, más algunos policías y bomberos. Era un lugar sencillo y cómodo a cuyo propietario no le interesaba atraer a los turistas. Solo quería que sus clientes de siempre estuvieran contentos, y por eso la música country sonaba a todo volumen en una máquina de discos más vieja que Sage. El suelo de madera estaba lleno de los arañazos que dejaban las sillas, la barra relucía y las filas de botellas se reflejaban en un espejo que también reflejaba el televisor instalado en la pared de enfrente. La gente acudía para tomar un trago y charlar tranquilamente, no para escuchar las tonterías de los turistas sobre el Viejo Oeste ni posar para las fotos. Cheyenne era una ciudad moderna, y sin embargo mucha gente seguía visitándola con la idea de encontrar diligencias y duelos de pistoleros en las calles.

–No sé –murmuró Sage.

Dylan siguió hablando, pero Sage no lo escuchaba. Seguía pensando en la expresión de Colleen cuando la encaró en el aparcamiento. Su intención había sido hablar con ella, ver lo que sabía y averiguar si conocía de antemano los planes de J.D., pero lo único que había conseguido era ponerla a la defensiva. El recuerdo de las lágrimas de su hermana lo había acuciado a atacarla aun cuando no era su propósito.

Tendría que usar una táctica completamente distinta la próxima vez que hablase con ella. Porque desde luego que iba a haber una próxima vez. Colleen no solo lo intrigaba personalmente, sino que había muchas preguntas que necesitaban respuesta. ¿Había persuadido a J.D. para que le dejara el dinero? ¿Sabía por qué Angelica lo había perdido todo? ¿Tenía conocimiento de algo que pudiera ayudar a anular el testamento? La cabeza no dejaba de darle vueltas.

–Angie miraba a Evan como si fuera su peor enemigo en vez del amor de su vida.

–No me sorprende –dijo Sage–. Evan ha recibido de golpe todo lo que Angie pensaba que era suyo.

–Pero no es como si se lo hubiera robado ni nada por el estilo. Fue J.D. quien se lo dejó todo.

–Sí… El viejo siempre estuvo lleno de sorpresas. Pero no importa el cómo. Angie está fuera y Evan, dentro. Su situación siempre fue muy delicada, estando comprometidos y trabajando para la misma empresa. Pero ahora que Angie ya no está al mando… –sacudió la cabeza–. Espero que esto no provoque una ruptura.

–Lo peor es que no podemos hacer nada al respecto. Por lo que Walter ha dicho no creo que tengamos ninguna posibilidad de impugnar el testamento.

–Esa es su opinión. Tenemos que consultarlo con un abogado imparcial.

–Si es que tal cosa existe –ironizó Dylan.

Sage tomó un sorbo de whisky escocés. El alcohol le calentó las venas, pero no pudo deshacerle el nudo en la boca del estómago.

Su hermana se había quedado destrozada por el testamento. Su tía Marlene se alegraba por su herencia, naturalmente, pero estaba muy preocupada por Angie. Chance había recibido el Big Blue, lo que más quería en el mundo. A Evan parecía que le había pasado un camión por encima, pero Sage no creía que fuera a lamentarse por la herencia una vez que se hubiera recuperado de la conmoción.

Su relación con Angie se vería inevitablemente afectada, eso sí. Llegaran o no a un entendimiento, la boda había sido aplazada y nadie sabía por cuánto tiempo.

En cuanto a él, Sage seguía anonadado por la herencia. Había recibido una participación de Lassiter Media mucho mayor que la de Angie, lo cual no era nada justo. ¿Qué demonios le había pasado a J.D. por la cabeza? El único modo de averiguarlo era a través de Colleen. Había sido ella con quien más había hablado en sus últimos meses de vida, tal vez porque era más fácil confesarse con alguien desconocido que con la familia.

J.D. siempre había sido autosuficiente y nunca había parecido necesitar a nadie. Hasta que cayó enfermo. Era lo único que él y Sage habían tenido en común… la necesidad de hacerlo todo en solitario. Tal vez por eso nunca habían estado unidos. Los dos eran demasiado independientes e inaccesibles, encerrados en su propio mundo sin molestarse en relacionarse con los demás.

Frunció el ceño al pensarlo. Nunca se había parado a pensar hasta qué punto se parecía a su padre adoptivo, ya que se había pasado toda la vida rebelándose contra él.

Sí, definitivamente era Colleen la única persona que podía ayudarlo a comprender aquel sentido. El problema era que no estaba preparado para la chispa que había prendido entre ambos. Quedaba claro con solo mirarla a los ojos que no era la clase de mujer a la que le interesaran las aventuras de una noche. Aunque tal vez eso pudiera cambiar… No podía sacarse su imagen de la cabeza. Sus grandes ojos azules. Su pelo rubio y ondulado. Sus labios carnosos curvados en una seductora sonrisa… Sage sintió cómo le reaccionaba el cuerpo. La atracción entre ambos era tan fuerte que no podía ignorarla.

–¿De qué estabas hablando con Colleen en el aparcamiento?

–¿Qué? –levantó la mirada hacia Dylan y apartó sus pensamientos–. Pues… –se frotó nerviosamente la nuca.

–Conozco esa expresión –observó su hermano–. ¿Qué has hecho?

–Creo que he metido la pata –admitió Sage, recordando la cara de Colleen cuando la acusó de haberle robado a J.D. ¿Era inocente? ¿O una actriz soberbia?

–¿Por qué quieres ir tras ella?

–Maldita sea, Dylan –se inclinó sobre la mesa y bajó la voz para que nadie pudiera oírlos–. Seguro que sabe algo. Pasó con J.D. más tiempo que nadie.

–¿Y?

–Y quiero averiguar lo que sabe. Puede que J.D. compartiera algunas ideas con ella y supiera los cambios que había hecho en el testamento.

–Y puede que se ponga a nevar aquí dentro –dijo Dylan–. Sabes tan bien como yo que J.D. nunca se dejó influir por nadie en su vida. Siempre tomaba él solo sus decisiones, fueran o no acertadas. Es del todo imposible que su enfermera sepa algo que nosotros ignoremos.

Era cierto, pero había que tener en cuenta el imparable deterioro en su estado de salud. Quizá había empezado a ser consciente de que su final estaba próximo y a pensar en lo que debería hacer antes de abandonar este mundo. Una concienciación del género por fuerza debía cambiar la forma de ver las cosas. Y de ser así, ¿quién mejor para compartir confidencias que su enfermera?

No, se dijo a sí mismo. No se podía arriesgar a que Dylan tuviera razón. Tenía que comprobar si Colleen Falkner sabía más de lo que decía.

–No voy a olvidarme de esto, Dylan. Pero va a ser muy difícil hablar con ella, ya que seguramente la he ofendido al insinuar que había engañado a J.D. para que le dejara tanto dinero en herencia.

–¿Que hiciste qué? –exclamó Dylan–. ¿Alguna vez nuestro padre se dejó engañar por alguien?

–No.

–¿Y Colleen te parece una mujer fatal?

–No –admitió Sage de mala gana. Al menos no aquel día, con aquellos pantalones holgados y aquel jersey. Pero la noche de la fiesta había ofrecido un aspecto muy distinto, con aquel vestido rojo que realzaba sus espectaculares curvas…

–Pasas demasiado tiempo en el rancho. Es la única explicación.

–¿Eso qué tiene que ver?

–Antes sabías cómo cautivar a las personas, especialmente a las mujeres. Eras el rey del ligue.

–Creo que estás hablando de ti, no de mí –repuso Sage con una media sonrisa–. A mí no me gusta la gente, ¿recuerdas?

–Antes sí –replicó Dylan–. Hasta que compraste ese rancho y te hiciste ermitaño. Pasas más tiempo con los caballos que con la gente. Nunca bajas de la montaña a no ser que sea absolutamente necesario, y las únicas personas con las que mantienes contacto son las que trabajan para ti.

–Ahora estoy aquí.

–Sí, ha hecho falta que papá muriera para hacerte venir.

Sage odiaba admitirlo, pero su hermano tenía razón. De vez en cuando iba a la ciudad en busca de compañía femenina, pero su lugar estaba en el rancho.

Se removió en la silla y miró a su alrededor.

–No soy un ermitaño. Simplemente prefiero estar en el rancho. No estoy hecho para esa vida de ciudad que a ti tanto te gusta.

–Tal vez si pasaras más tiempo con las personas en vez de con esos caballos no habrías metido la pata hablando con Colleen.

–Está bien, de acuerdo –sacudió la cabeza y giró el vaso de whisky sobre la mesa, observando el destello de las luces en el líquido ambarino como si allí pudiera encontrar las respuestas que necesitaba–. Te lo juro, no sé por qué fui tan duro con ella.

Dylan resopló y tomó un trago de cerveza.

–Cuéntame.

Sage le contó a su hermano todo lo que había dicho y cómo había reaccionado Colleen. Pero no le sirvió para sentirse mejor.

Al acabar, Dylan soltó un silbido y volvió a tomar otro sorbo de su cerveza.

–Tío, cualquier otro te habría dado una buena tunda… Yo lo habría hecho, sin dudarlo. Tienes suerte de que Colleen sea tan buena.

–¿Lo es?

–Marlene la quiere –señaló Dylan–. Angie cree que es genial. Incluso Chance solo tiene cosas buenas que decir de ella, y ya sabes lo que le cuesta hacer cumplidos.

–Cierto.

Sin embargo el instinto le decía que Colleen era todo lo que aparentaba ser. Una enfermera con una sonrisa deslumbrante y unos ojos tan azules como un lago en verano. Pero él no podía pasar por alto lo que J.D. había dispuesto en su testamento. La única persona que podía haber influido al viejo era la mujer con la que más tiempo había pasado. Sage tenía que averiguar si ella conocía los cambios que había hecho J.D. en su testamento.

Y si descubría que había tenido algo que ver, encontraría también la manera de hacérselo pagar.

Capítulo Tres

El rancho Big Blue parecía haberse quedado vacío sin la imponente presencia de J.D. Lassiter. Colleen miró por la ventana del dormitorio que había ocupado durante las últimas semanas y sonrió tristemente. Iba a echar de menos aquel lugar, tanto como a J.D.

Pero así sería siempre para ella. Como enfermera formaba parte de la vida de las familias, con frecuencia en sus momentos más angustiosos, hasta que acababa el trabajo y se despedía de todo para pasar al próximo paciente. A la próxima familia.

Abrió la maleta y suspiró. Odiaba aquella parte de su profesión: hacer el equipaje y despedirse de otro capítulo de su vida. Guardar los recuerdos en un rincón de su mente y hacer espacio para el próximo paciente.

Solo que esa vez… quizá no hubiera otro paciente.

Sacudió la cabeza y sintió cómo la oprimía el silencio del rancho. Las únicas personas aparte de ella eran el ama de llaves y el cocinero, pero Marlene, Angelica, y Chance no tardarían en regresar y ella quería marcharse antes de que llegaran. Ya no la necesitaban allí. En realidad tendría que haberse marchado tras la muerte de J.D., dos semanas antes, pero se había quedado a petición de Marlene para ayudarlos a superar los momentos difíciles.

Empezó a llenar la maleta de manera automática,

sacando la ropa del armario y doblándola meticulosa-
mente. No le llevaría mucho tiempo vaciar el armario
y la cómoda, pues apenas había llevado cosas consigo
cuando se instaló en la habitación de invitados.

Normalmente no se alojaba en la residencia de un
cliente, pero J.D. había querido tenerla cerca y le había
pagado generosamente por la atención permanente. En
los dos últimos meses Colleen había llegado a amar
aquel lugar. La casa del rancho era enorme y señorial,
pero tan acogedora que resultaba imposible no sentirla
como un cálido hogar familiar.

Al pensar en eso la invadió el recuerdo de Sage. Él,
su hermano y su hermana habían crecido en aquel rancho, y si agudizaba el oído seguro que podría oír los
ecos de risas infantiles.

Pero ¿no era extraño que sus pensamientos volvie-
ran una y otra vez a Sage? No se lo había sacado de la
cabeza desde la cena de ensayo. Ni siquiera sus acusa-
ciones habían hecho que siguiera soñando con él por
las noches. Todo lo contrario, solo habían servido para
que le gustara aún más. Sus duros ataques le habían
demostrado lo mucho que le importaba su padre, a pesar de su distanciamiento. Y la compasión que ella
sentía por él a raíz de su pérdida bastaba para encajar
de otra manera sus críticas.

La breve conversación mantenida con Sage Lassiter la había conmocionado más que la noticia de que
era millonaria. Tal vez porque la idea de tener tanto dinero le resultaba tan extraña que no podía asimilarla.
Pero que el hombre de sus sueños le hablara en persona, aunque solo fuera para insultarla, la conmovía de
tal modo que no podía dejar de pensar en él.

–No es culpa suya –se aseguró a sí misma mientras seguía doblando la ropa y metiéndola en la maleta–. Es normal que desconfiara de mí. Acababa de perder a su padre y a mí no me conoce.

Pura lógica, y sin embargo seguía dolida por sus palabras. Porque por más que lo intentaba no podía quedarse indiferente ante la idea de que la gente creyera lo que Sage había insinuado, que ella había engañado a un viejo moribundo para que le dejara el dinero.

Quizá debería rechazar el dinero, volver a ver al abogado y decirle que lo donara a una institución benéfica o algo así.

Respiró profundamente y desvió la mirada hacia la ventana. La vista era impresionante.

No había cortinas en las ventanas del Big Blue.

Durante las muchas conversaciones mantenidas con J.D. había sabido que su difunta esposa, Ellie, lo había dispuesto así porque no quería que nada se interpusiera entre ella y el cielo. También había árboles de todas clases: pinos, robles, arces, álamos… El silencio del bosque era sobrecogedor. A Colleen le encantaba vivir allí, en plena naturaleza, y no quería regresar a su pequeño apartamento en un suburbio de Cheyenne.

«Pero…», le susurró una voz en su cabeza, «con tu herencia podrías comprarte una casa aquí cerca, lejos de la gente, con un precioso jardín, árboles y un perro». Siempre había querido tener un perro, pero la enfermedad de su padre lo había impedido, y posteriormente, cuando su madre y ella se mudaron a Cheyenne, habían vivido en apartamentos o bloques de viviendas.

Con aquel dinero podría dejar su trabajo, conseguir un título de enfermera profesional y empezar a hacer realidad sus sueños. Y sobre todo podría ayudar a su madre.

Los duros inviernos en Cheyenne empezaban a afectar la salud de Laura Falkner, que siempre hablaba de trasladarse a Florida a vivir con su hermana, viuda, e irse de crucero las dos juntas. Quería ver mundo antes de ser demasiado viejo para disfrutarlo. Con aquella herencia Colleen no solo podría hacer realidad sus sueños, sino también los de su madre.

Agarró con fuerza la camiseta azul que sostenía. ¿Debería aceptar el dinero como el regalo que se suponía que era? ¿O debería rechazarlo por temor a lo que dijeran los cotillas y estrechos de miras?

–Sería como darle una bofetada a J.D. –dijo en voz alta.

–A mucha gente le habría encantado hacerlo.

Colleen dio un respingo y se dio la vuelta. Sage estaba en la puerta, con el hombro apoyado en el marco, y parecía más alto, más fuerte y más intimidatorio que en el aparcamiento. Tenía sus ojos azules clavados en ella y Colleen sintió el impacto de su mirada desde el otro lado de la habitación.

El corazón se le desbocó, se le secó la garganta y por unos segundos se quedó con la mente en blanco.

–¿Qué? No, quería decir que… –no sabía qué decir. Odiaba quedarse muda en su presencia. Nunca había tenido problemas para hablar con nadie, pero aquel hombre solo tenía que aparecer para dejarla sin palabras y convertirla en un amasijo de hormonas revolucionadas–. No sabía que estabas ahí.

–Sí –se apartó de la puerta y se adentró en la habitación–. Parecías distraída… –miró a su alrededor, la colcha azul, la docena de cojines colocados contra el cabecero y las alfombras de colores–. Este lugar ha cambiado mucho.

–Es una habitación preciosa.

Él la miró y se encogió de hombros.

–De niño esta era mi habitación.

Su habitación… Cielos. Colleen sintió que la temperatura corporal le aumentaba hasta sentir mareos. Había ocupado la habitación de Sage en los últimos meses. De haberlo sabido antes, no habría podido conciliar el sueño.

Sonrió temblorosamente.

–Entonces sí que la verás distinta…

–Sí –se acercó a la ventana y se giró hacia ella con una sonrisa–. El emparrado sigue ahí. ¿Lo has usado para bajar por la noche?

–No, ¿lo hiciste tú?

–Siempre que podía. J.D. y yo… –carraspeó–. A veces necesitaba salir de casa.

Collen intentó imaginarse a Sage como un chico infeliz, escapando por la ventana en busca de libertad. Pero la imagen del hombre fuerte y varonil que tenía delante no se lo ponía fácil.

–Bueno, ¿y por qué quieres darle una bofetada a J.D.?

El brusco cambio de tema la desconcertó unos segundos.

–Estaba pensando en voz alta, nada más.

–¿En qué?

–En si debo aceptar o no el dinero que me ha dejado J.D.

–¿Y cuál es tu decisión?

–Aún no la he tomado –admitió, dejando caer la camiseta en la maleta a medio llenar–. Si te soy sincera, no sé qué hacer.

–Cualquier otro agarraría los tres millones y se largaría.

–Yo no soy cualquier otro.

–De eso ya me doy cuenta –se metió las manos en los bolsillos y avanzó hacia ella–. Fui un poco duro contigo…

–¿Ah, sí? –sonrió y sacudió la cabeza. Recordaba todo lo que le había dicho aquella mañana. Cada palabra, tono y acusación. También recordaba la descarga eléctrica que había sentido al tocarlo. Y eso la tenía inquieta.

Él asintió.

–Tienes razón. Y yo estaba equivocado. J.D. quería que tuvieras el dinero, y por eso deberías aceptarlo.

–¿Y ya está? –lo observó con atención intentando encontrar alguna explicación a su cambio de actitud, pero era imposible leer nada en su rostro. Era un hombre inescrutable. Su habilidad para ocultar las emociones debía de haberle sido de gran ayuda en su próspera carrera como empresario, pero un cara a cara resultaba extremadamente irritante.

–¿Por qué no? –se acercó y Colleen sintió que el calor que irradiaba su cuerpo la envolvía y se propagaba por todo su interior. Tragó saliva y lo miró fijamente a los ojos–. Colleen, si estás pensando en rechazar la herencia por lo que te dije, no lo hagas.

Un soplo de brisa entró por la ventana entreabierta y le enfrío el cuerpo a Colleen, afortunadamente.

–Reconozco que mi decisión tiene mucho que ver

con lo que dijiste, pero sobre todo me preocupa que los demás piensen lo mismo.

–¿Y eso te molestaría?

–Pues claro que me molestaría. ¡No es verdad!

–¿Entonces por qué te importa lo que piensen los demás?

¿De verdad no comprendía? ¿Tan distintos eran los ricos de la gente corriente?

–Seguramente no lo entiendas porque estás acostumbrado a que hablen de ti. Al y fin al cabo la familia Lassiter siempre está saliendo en los periódicos por una cosa o por otra.

–Cierto –reconoció él.

–En cuanto a ti, eres como carnaza para la prensa. Siempre están publicando historias sobre la oveja negra de la familia –se detuvo cuando él frunció el ceño–. Lo siento. Solo...

–Pareces seguir con interés todo lo que se dice de mí –comentó él con voz suave.

–Es casi imposible no hacerlo –mintió ella. No podía confesarle que buscaba ávidamente en los periódicos, revistas e Internet cualquier noticia que hablase de él. ¡Era peor que una acosadora!–. La familia Lassiter es la más conocida de Cheyenne. La prensa siempre está hablando de vosotros.

–Sí, y seguramente el testamento aparezca en primera plana en cuanto alguien filtre los detalles a la prensa.

–¿Quién haría algo así? –preguntó ella asombrada.

–Cualquiera que trabaje en un juzgado o un notario. Solo hace falta la cantidad justa de dinero para que hagan o digan lo que sea.

–Vaya… qué visión tan deprimente, ¿no?

–Realista, tan solo. Yo también creía que podía confiar en las personas, hasta que descubrí cómo eran realmente.

–¿Qué ocurrió? –le preguntó, acuciada por el destello de dolor y los recuerdos lejanos que se reflejaron brevemente en sus ojos.

La casa estaba en silencio, la luz del sol entraba por la ventana y Colleen tuvo la sensación de que eran las dos únicas personas en el mundo. Quizá por eso se había atrevido a preguntarle. Por un instante pareció que iba a abrirse a ella, pero el momento pasó y sus rasgos volvieron a endurecerse. Colleen lamentó que se perdiera aquel breve acercamiento, aunque tal vez fuera lo mejor.

–No importa. La cuestión es que no deberías dejar que los rumores influyeran en tus decisiones.

–Dicho así parece muy simple, pero no me gusta que la gente hable de mí.

–Ni a mí –dijo él, mirando brevemente su maleta–. Pero eso no significa que pueda impedirlo.

Tenía razón, pero él era un Lassiter y estaba acostumbrado, mientras que ella era una don nadie y preferiría seguir así.

–Si no acepto la herencia no habrá nada de lo que hablar…

Sage sonrió amargamente.

–Colleen, la gente hablará aceptes o no el dinero. Una mujer hermosa cuidando de J.D… Los rumores ya han comenzado, te lo aseguro.

¿Hermosa? ¿Sage pensaba que era hermosa? Se quedó tan sorprendida que le costó unos segundos asimilar sus otras palabras. La vergüenza la invadió al percatarse de que, en efecto, los chismorreos ya habían comenzado y que al instalarse en el rancho los había alimentado todavía más.

–Es repugnante. Yo solo era su enfermera.

–Una enfermera joven y bonita a cargo de un viejo enfermo. No hace falta mucho más para que la gente se ponga a hablar.

–Pero J.D. no fue mi primer paciente –arguyó ella con vehemencia. No soportaba pensar que la gente estuviera difamando a un pobre anciano–. Nunca me había pasado algo así.

–Tampoco habías trabajado nunca para un Lassiter. Lo que me sorprende es que los rumores no hayan llegado aún a tus oídos.

Colleen se sentó en el borde del colchón, pensando en los últimos meses. Hasta ese momento no había prestado atención, pero era cierto. Los cotilleos habían comenzado a circular. Al hacer memoria recordó los guiños, las sonrisitas y los cuchicheos cuando entraba en una tienda.

–Dios mío… La gente piensa que yo… y que J.D… ¡Es terrible! No podré volver a mirar a nadie a la cara.

–La gente corta de miras necesita algo para ocupar su tiempo y su escasa inteligencia. Si te pasas la vida angustiándote por lo que digan, no harás nada y ellos ganarán.

–Odio esta situación –murmuró ella. Sage tenía razón, pero era la primera vez que se encontraba siendo el centro de los chismes. Siempre había llevado una vida tranquila y discreta, hasta que empezó a trabajar para J.D.

Sage lo veía todo desde una perspectiva completamente distinta. Como miembro de la familia Lassiter estaba inmunizado contra los rumores y habladurías. No tenía que preocuparse por lo que dijeran de él, ya que tenía la vida resuelta y un poderoso apellido a sus espaldas. Además, ¿qué otra cosa podían decir de él aparte de lo increíblemente guapo que era?

No. Aquello era diferente. Si la gente empezaba a hablar de ella podría afectar a su trabajo y a su vida. Si el centro de enfermería para el que trabajaba se enteraba de algo no le asignarían más encargos. Pero por otro lado, si aceptaba la generosidad de J.D. no le harían falta más encargos. Aunque como enfermera tendría que seguir trabajando para los médicos y hospitales.

–Me duele la cabeza.

Él la sorprendió con una carcajada. Lo miró y advirtió el brillo de sus ojos y el hoyuelo que se le formaba en la cara al sonreír.

–Estás dándole demasiadas vueltas.

–Es difícil no hacerlo –se excusó ella–. Nunca me había visto en esta situación, y no sé qué hacer al respecto.

–Haz lo que quieras –le aconsejó él.

Lo que quisiera… Quería muchas cosas. La paz mundial, chocolate bajo en calorías, unos pies más pequeños…

Se fijó en la boca de Sage. Y quería que él la besara.

El pensamiento se coló de improviso en su mente. Carraspeó e intentó disimularlo.

–¿Estás bien? –le preguntó él con el ceño fruncido.

–Sí, sí, muy bien… Que haga lo que quiera.

–No es tan difícil, ¿verdad?

–No sé qué decirte… –la habían educado para hacer siempre lo correcto y no pensar solo en ella, pero en aquel caso no sabía cómo proceder.

–Cuando les hagas ver a los demás que no te importa lo que piensen, dejarán de hablar de ti.

–¿Y si te importa lo que piensen?

–Bueno, esa ya es otra cuestión –sonrió–. Pero ¿por qué habría de importarte?

–Porque mi trabajo y mi vida están aquí. Si la gente piensa que… –tragó saliva. Todo lo que había conseguido a base de trabajo y esfuerzo en los últimos cinco años, su reputación, sus sueños y esperanzas… Todo podría desaparecer. De repente, el dinero que le había caído del cielo le parecía más una maldición que una bendición.

–Les estás dando demasiado poder sobre ti –el comentario de Sage la sacó de sus divagaciones.

–No quiero hacerlo, pero… –sacudió la cabeza y juntó las manos en el regazo–. Desde esta mañana no he parado de hacerme preguntas. Y ahora no sé qué hacer.

–No puedes hacer gran cosa –Sage la rodeó, apartó la maleta y se sentó junto a ella en la cama–. El testamento no se puede cambiar.

–Pero podría donar el dinero.

Él se encogió de hombros.

–La gente seguiría hablando. La única diferencia sería que no tendrías el dinero.

Colleen suspiró profundamente y se giró para mirarlo. Estaba tan cerca que casi la rozaba con el muslo.

Un estremecimiento la recorrió y se obligó a respirar hondo mientras lo miraba a los ojos. No eran tan fríos como antes, pero seguían sin desvelar la menor emoción.

Sage era tan impenetrable como lo había sido J.D. al principio, antes de que ella consiguiera traspasar sus defensas y ganarse su confianza.

La diferencia era que Sage no era su paciente. Era un hombre fuerte y varonil que le hacía sentir cosas que no sentía desde hacía mucho tiempo. Lo cual no era solo absurdo, sino del todo inapropiado. Era el hijo de un paciente fallecido. Miembro de una familia que acababa de sufrir una pérdida devastadora. No estaba interesado en ella, y ella debería sofocar la atracción que la invadía cada que vez que lo veía. Pero era más fácil decirlo que hacerlo.

–Oye, ¿qué te parece si salimos a cenar esta noche? –le él propuso en tono tranquilo–. Así podremos seguir hablando.

Ella se quedó tan sorprendida que le costó articular palabra.

–¿Me estás invitando a salir?

Él esbozó una media sonrisa.

–Te estoy invitando a cenar conmigo.

«No es una cita, estúpida».

–¿Por qué? –le preguntó. «¿Y por qué se lo preguntas?», se preguntó a sí misma.

–Aún quiero hablar contigo de J.D. Y ha sido un día muy largo para los dos.

Pues claro. Él quería hablar de su padre y lo único que hacía ella era hablarle de sus problemas.

–Está bien –aceptó al cabo de unos instantes.

–Estupendo –se levantó y la miró–. Te recogeré a las siete.

–Te daré mi dirección.

–Ya sé dónde vives. Nos vemos esta noche.

Sabía dónde vivía. ¿Cómo debía tomarse ella eso?

–¿Quieres que baje tu maleta al coche?

–¿Qué? Ah… no, gracias –miró a su alrededor–. Aún tengo que meter algunas cosas.

–De acuerdo. Te dejo, entonces –se dirigió hacia la puerta y desde allí le echó una mirada indescifrable–. Hasta luego.

Se marchó y Colleen se quedó mirando la puerta un largo rato. El corazón le latía frenéticamente y le temblaban las rodillas. La reacción que Sage le provocaba era tan fuerte que no sabía cómo manejarla.

Sin embargo, mientras el ruido de sus pisadas se apagaba, Colleen se dijo que no podía evitarlo. Sage Lassiter era como una apisonadora que lo arrollaba todo a su paso.

Y ella se encontraba en su camino.

Capítulo Cuatro

–¿Cómo va el resto del testamento, Walter?

Sage había conducido directamente desde el Big Blue hasta el despacho del abogado. Quería hablar con él a solas, sin aspavientos ni revuelos emocionales como los que habían caracterizado la reunión previa con toda la familia. El plan había sido llegar al despacho tranquilo y sereno y someter al viejo abogado con su mirada fija e imperturbable. Por desgracia, estaba muy lejos de sentirse tranquilo y sereno.

La tensión le agarrotaba los músculos y ponía a prueba su escasa paciencia. Estar con Colleen lo había alterado tanto que prácticamente había tenido que salir huyendo del rancho, antes de cometer una locura como tumbarla de espaldas en la cama y explorar las curvas que su ropa ocultaba.

En vez de eso se había limitado a hablar con ella. Y la conversación no había solucionado nada de nada. Solo había enturbiado aún más unas aguas que ya estaban suficientemente enlodadas. No sabía qué pensar de ella. ¿Era tan inocente como parecía? Tenía que descubrirlo como fuera, pero antes tenía que hablar con el abogado de su difunto padre.

–Bien, pero no voy a hablar de eso contigo, Sage, y lo sabes –Walter Drake se recostó en su sillón y miró a Sage como si fuera un crío de cinco años–. El testamento de J.D. es un documento privado y ya he leído la parte que afecta a la familia. En cuanto al resto…

Sage se levantó y caminó hasta la ventana. Definitivamente estaba demasiado nervioso como para tratar con un abogado. Pero tenía demasiadas preguntas que hacerle.

Miró la calle y se concentró por unos instantes en el tráfico, en los peatones que caminaban por las aceras y en las montañas que se recortaban contra el cielo a lo lejos. Miró a todas partes salvo al rostro del abogado.

Sabía que Walter no le diría nada aunque pudiera. A aquel hombre le gustaba tener el control y la información que nadie más poseía. Y para sonsacársela haría falta dinamita, por lo menos, o alguien con mucha más paciencia que Sage. Muy bien. Se olvidaría del asunto por el momento y probaría más tarde con otra táctica.

—De acuerdo —se giró hacia él—. No importa.

Walter asintió magnánimamente.

—Pero aún queda el asunto del control de Lassiter Media que J.D. le ha dejado a Evan en vez de a Angelica.

Walter frunció el ceño y apoyó los codos en la mesa.

—No hace falta que te diga que J.D. tenía sus razones para hacer lo que hizo, Sage.

—Sí, pero ¿por qué iba a privar a su hija de lo que debería corresponderle por derecho?

—Eso no puedo decírtelo.

—¿No puedes o no quieres? —se acercó de nuevo a la mesa.

–Las dos cosas –Walter se levantó, porque estar sentado lo obligaba a mirar hacia arriba, lo cual no debía de complacerlo mucho–. J.D. es mi cliente, vivo o muerto. Ni tú ni la familia Lassiter.

–¿Y vas a protegerlo de su maldita familia incluso después de muerto?

–Si es necesario, lo haré.

La frustración se apoderó de Sage.

–Esto no tiene sentido. Sabes tan bien como yo que J.D. estuvo preparando a Angie durante años para que se hiciera cargo de Lassiter Media.

–Cierto…

–¿Y te parece normal que le dejara la empresa al novio de Angie?

El abogado se limitó a mirarlo con expresión impasible.

–Si intentas insinuar que J.D. no sabía lo que hacía al redactar su testamento, te equivocas. Una acusación de ese tipo no podría sostenerse ante un juez.

–No estoy hablando de llevar el asunto a juicio –«de momento»–. Solo estoy hablando de J.D.

–Como ya he dicho, J.D. tenía buenas razones para hacer lo que hizo.

A Sage no se le ocurría ninguna razón, y el secretismo del abogado lo estaba sacando de quicio.

–Esta discusión no nos lleva a ninguna parte, Sage. Si me disculpas, tengo otros asuntos de los que ocuparme y…

–No he acabado con esto, Walter –le advirtió Sage–. Todos queremos respuestas.

Por primera vez apareció un destello compasivo en los ojos del abogado.

–Y ojalá yo pudiera dároslas. Pero no depende de mí.

A Sage no le quedó más remedio que asumir la derrota. Al menos por el momento.

–Muy bien. Me marcho. Pero cuando el resto de la familia se recupere de la conmoción no seré yo el único que venga a exigirte respuestas. Espero que estés listo para lo que se avecina.

En cualquier otro momento se habría echado a reír al ver la expresión acongojada de Walter, pero en esas circunstancias nada le parecía divertido.

Al salir al aparcamiento se arrebujó en su abrigo negro para protegerse del viento. Hasta la naturaleza se lo estaba poniendo difícil aquel día. Se subió rápidamente a su Porsche negro, contento de haberlo sacado del garaje, donde pasaba casi todo el invierno. En aquellos momentos necesitaba pisar a fondo el acelerador.

Y eso hizo en cuanto salió de Cheyenne y tomó la dirección del Big Blue. Colleen ya se habría marchado, pero Marlene y Angie seguirían allí. Tenía que ver a su hermana y comprobar por sí mismo que se encontraba bien. Pero ¿cómo iba a estar bien después de verse traicionada por alguien de confianza?

El rugido del motor parecía enfatizar la rabia que le hervía la sangre. El trayecto hasta el rancho, sin embargo, lo obligó a concentrarse en la carretera. Atravesó la verja y subió por el camino de grava hasta la casa principal.

Desde las cuadras llegaban los gritos de los trabajadores. Vio un caballo galopando en un prado y se dio cuenta de que la vida y el rancho seguían adelante a pesar de la muerte de J.D. El viejo se había encargado de que así fuera.

Se bajó del coche y se detuvo un momento para contemplar la finca. Al igual que en su propio rancho, había multitud de construcciones, graneros, barracones para los vaqueros, cabañas para las visitas y una piscina de agua salada rodeada de hierba para que pareciera un estanque natural. Se fijó en el anciano roble junto a la orilla y sonrió al recordar las horas que él, Dylan y Angelica pasaban allí, balanceándose en una cuerda atada a una rama para tirarse al agua.

Gran parte de su vida había transcurrido en aquel rancho, y a pesar de su distanciamiento con J.D. albergaba muchos buenos recuerdos. La casa era una bonita estructura de dos pisos construida con troncos, hierro y cristal. Tenía un porche y una terraza circundantes desde los que se podía disfrutar de unas espectaculares vistas de las montañas.

Sage respiró profundamente. Solo hacía dos horas que había salido de allí, pero le parecían muchas más. Tras su encuentro con el abogado solo quería tomarse una copa y descansar un poco, pero en cuanto entró en la casa supo que lo segundo no iba a ser posible.

–¿Por qué querría hacerme algo así? –la voz de Angelica resonó en el interior.

Tres o cuatro personas le respondieron a la vez y Sage siguió las voces hasta el salón. La enorme sala era el corazón de la casa, con sus suelos de madera de color miel, sus paredes de troncos y sus numerosas ventanas ofreciendo vistas de rancho y del cielo azul que le había dado su nombre a la finca. Sage había oído la historia tantas veces que se la sabía de memoria.

J.D. y su mujer habían comprado el rancho cuando solo contaba con doscientos acres de terreno. A Ellie le había gustado tanto el cielo azul radiante que J.D. decidió que se llamaría Big Blue. Allí empezó la dinastía Lassiter. A lo largo de los años J.D. fue adquiriendo tierras hasta convertirlo en el rancho de ganado más grande del estado, con más de treinta mil acres. El apellido Lassiter se había convertido en una leyenda no solo en Cheyenne sino en todo Wyoming.

Tal vez era eso, en parte, contra lo que Sage se había rebelado. El apellido Lassiter y lo que significaba para J.D. Lo que suponía ser un Lassiter por adopción, no por nacimiento. Con aquel pensamiento bulléndole en la cabeza, se adentró en el caos.

–Gracias a Dios –murmuró Marlene–. Sage, ayúdame a convencer a tu hermana de que su padre no tenía nada contra ella.

Sage paseó la mirada por el salón. La enorme chimenea de piedra, las cristalera que daban a un patio de baldosas, los sofás y sillones de cuero sobre el reluciente suelo de madera… Y los miembros de la familia repartidos por la habitación, todos mirándolo a él.

–¿Qué otro motivo podía tener para hacerme algo así? –preguntó Angie, levantando las manos en un gesto de impotencia–. Creía que estaba orgulloso de mí. Que creía en mí.

–Y así era, Angie –dijo Chance.

–Pues vaya modo extraño de demostrarlo, ¿no?

Chance suspiró y se frotó la cara con impaciencia.

Sage lo compadeció. El pobre seguramente se había pasado horas intentando animar a Angie.

–Angie –dijo Evan McCain, atrayendo todas las miradas–, estás exagerando.

–¿En serio? –Angie miró al hombre con quien iba a casarse dos semanas antes como si fuera la primera vez que lo veía. La boda se había cancelado tras la muerte de J.D., pero los dos habían permanecido unidos hasta la lectura del testamento–. Mi padre te ha dejado la empresa a ti, Evan… Mi empresa –se llevó una mano al corazón–. Yo era su hija y te la ha dejado a ti.

Evan se pasó una mano por el pelo y miró a Sage en busca de ayuda. Pero Sage no sabía qué podía hacer. No creía que Evan hubiera tenido intención de traicionar a Angie pero ¿quién demonios podía estar ya seguro de nada? Benefactores misteriosos, enfermeras que heredaban tres millones de dólares, hijas a las que les arrebataban lo que debería corresponderles… Nada tenía sentido.

Pero si seguían peleándose entre ellos solo conseguirían enemistarse cuando más se necesitaban los unos a los otros.

–Angie, pagarlo con Evan no servirá de nada –dijo Sage, y vio una fugaz expresión de alivio en el rostro de Evan–. Tenemos que averiguar cuál era la intención de J.D. y hacer lo que podamos para cambiar las cosas.

–¿Hay algo que podamos cambiar? –preguntó Marlene en tono preocupado–. El testamento no puede impugnarse, y J.D. estuvo en pleno uso de sus facultades mentales hasta su último aliento.

–Lo sé –Sage se acercó a la mujer que había sido

como una madre para él en todos los aspectos menos en el nombre y la rodeó con un brazo.

El olor de su perfume le hizo evocar los recuerdos de su infancia y juventud. Marlene siempre había sido la única influencia estabilizadora en su vida. En todas las disputas con J.D. su tía siempre había estado allí, tranquilizándolo e intentando tender un puente entre Sage y su padre adoptivo. El puente nunca llegó a materializarse, pero no fue por falta de empeño por parte de Marlene.

Sage la besó en la cabeza y miró a Dylan, despatarrado en uno de los grandes sillones de cuero.

–¿No tienes nada que decir?

–Ya he dicho bastante –respondió su hermano, fulminando con la mirada a Angelica–. Me han hecho callar a gritos.

–Yo no he gritado –protestó Angie.

–Como una histérica –replicó Dylan, y desvió la mirada hacia Evan–. Si aún quieres casarte con ella, o eres muy valiente o eres tonto de remate.

–No estás ayudando –dijo Sage.

–Lo mismo oí de nuestra querida hermana hace una hora –repuso Dylan en tono cansado.

–No puedes entender cómo me siento, Dylan –le reprochó Angelica–. Papá no te quitó lo que más querías, ¿verdad?

–No.

–Angie –Evan se acercó a su novia y le puso las manos en los hombros–. Te quiero. Vamos a casarnos. No ha cambiado nada.

Ella se retorció y negó con la cabeza.

–Ha cambiado todo, Evan. ¿Es que no lo ves?

–Yo no quiero dirigir tu empresa, Angie. Tú seguirás estando al mando.

–No tengo el título ni la autoridad. Si siguiera al mando sería tan solo porque tú me lo permitieras –se mordió el labio con fuerza–. No es lo mismo, Evan.

–Encontraremos la solución –insistió él, pero no pareció convencer a Angelica.

Sage se preguntó si todo había sido un plan de J.D. para controlar y castigar a su familia desde la tumba.

–Creo que por hoy ya hemos tenido bastante –declaró Marlene, interrumpiendo lo que parecía una batalla inminente. Le dio a Angelica un abrazo, le acarició sus oscuros cabellos y se dirigió a todos los presentes–. ¿Por qué no vamos a la cocina a tomar café y comer algo? Ha sido un día muy duro, pero debemos recordar –hizo una pausa y los miró a todos– que somos una familia. Somos los Lassiter. Y superaremos esto todos juntos.

–No hay razón para estar tan nerviosa –Jenna Cooper tomó un sorbo de su vino blanco y sonrió mientras Colleen se cambiaba de ropa por tercera vez en media hora.

–No estoy nerviosa –replicó Colleen–. Solo estoy sobreexcitada.

Jenna se rio y se acurrucó en el sillón. Colleen vio la mirada divertida de su amiga en el espejo y suspiró.

–Está bien, puede que esté un poco nerviosa, pero no hay motivos para ello. Esto no es una cita. Es solo una cena con el familiar de un paciente mío que ha muerto.

–Claro.

–Deberías ser más convincente al tratar de tranquilizarme.

–Estoy trabajando en ello –dijo su amiga, sin dejar de reír.

Jenna Cooper vivía en la puerta de al lado con su marido y dos gemelos de tres años, Carter y Cade. Con su metro sesenta y sus delicados rasgos, parecía un duendecillo travieso de pelo negro y corto y brillantes ojos verdes. Ella y Colleen habían sido amigas desde la segunda semana que Colleen habitó en el edificio, dos años antes.

Sabiendo que Colleen era enfermera, Jenna había llamado a su puerta una noche invadida por el pánico porque uno de sus hijos tenía convulsiones y la fiebre muy alta. Colleen reconoció los síntomas inmediatamente, los ayudó a bajar la temperatura de Carter y se quedó en la casa cuidando del pequeño Cade mientras Jenna y su marido llevaban a Carter a urgencias para estar seguros.

–Aún no me puedo creer que el señor Lassiter te dejara tanto dinero –comentó Jenna, tomando un sorbo de vino.

A Colleen se le revolvió el estómago.

–Ni yo –se había pasado horas pensando en ello y seguía pareciéndole irreal.

–¿Aún no se lo has dicho a tu madre?

–¿Lo del dinero? –negó con la cabeza y frunció el ceño ante el espejo. Por más que intentaba tirar del corpiño hacia arriba, el escote seguía siendo exagerado–. Nunca me había fijado en lo grandes que son mis pechos.

–Eso es porque siempre los llevas ocultos bajo una capa de lana y algodón –Jenna se levantó, apartó la mano de Colleen y sonrió–. Estás preciosa. Deja de preocuparte. Es un vestido fabuloso.

–Sí que lo es –y ella jamás se lo habría comprado por sí misma, pero Angelica había insistido en elegirle el vestido perfecto para la cena de ensayo y Colleen no había podido negarse–. ¡Oh, no! No puedo ponérmelo esta noche. Lo llevé a la cena de ensayo, la noche que murió el padre de Sage. ¿En qué estaría pensando? –se giró hacia el armario en busca de alguna otra cosa que ponerse, pero Jenna la detuvo con una mano en el brazo.

–No puedes quitártelo, Colleen. Por un lado, no fue el vestido lo que mató al señor Lassiter, y por otro, es demasiado bonito como para que lo arrojes al fondo de tu armario.

–Gracias.

–Y créeme si te digo que cuando Sage te vea con este vestido –dio un paso atrás y soltó un silbido mientras miraba a Colleen de arriba abajo–, no pensará precisamente en un funeral.

Colleen se estremeció de emoción, antes de recordar que Jenna era su amiga y que su función era halagarla. Pero tenía que ser realista. Sage Lassiter no estaba interesado en ella. Salir a cenar con él no significaba nada.

–Es de locos –se lamentó en voz alta–. Me estoy comportando como si esto fuera una cita y no lo es –se retorció las manos hasta darse cuenta de lo que hacía–. Debería ponerme unos pantalones y un jersey.

–Si te cambias una vez más te ato a la silla –le advirtió Jenna–. Estás genial, tienes una cita…

–No es una cita.

–Vas a cenar con el hombre más guapo de Wyoming, o quizá de todo Estados Unidos…

–Me gustaría saber lo que diría Tom si te oyera.

Jenna sonrió.

–No le molestaría en absoluto. Mi Tom no es guapo, pero tiene otras… virtudes.

–Eres imposible –Colleen tuvo que reconocer, sin embargo, que envidiaba la relación de su amiga con su marido.

–Lo mismo piensa Tom –volvió a sonreír y meneó provocativamente las pestañas.

Si Colleen tuviera la mitad de confianza en sí misma que Jenna, no estaría hecha un manojo de nervios ante la inminencia de su no cita. La tensión era cada vez mayor y la aterraba pensar que pudiera explotar en el momento más inoportuno.

Tal vez el vestido rojo la ayudara. Era bonito y le inspiraba una cierta sensación de seguridad. Además, Sage no se acordaría de que lo había llevado a la cena de ensayo de Angelica.

–Toma un poco de vino –Jenna le ofreció su copa y Colleen tomó un gran trago para ahogar las mariposas. Pero al parecer habían aprendido a nadar.

–Esto es una equivocación –murmuró, devolviéndole la copa a su amiga.

–Claro que no. Eres una persona extraordinaria, Colleen. Ya es hora de que algún hombre lo vea.

–No es…

–Ya, ya lo sé –Jenna se recostó en los cojines–. Ahora cuéntame cómo mi mejor amiga se ha hecho millonaria y ha conseguido una cita con Sage Lassiter, nada menos.

–¿No me estás escuchando? Te he dicho que no es una cita.

–Lo que sea –la invitó a sentarse a su lado–. ¿Cómo llevas lo del testamento?

Buena pregunta.

–La verdad es que me siento mejor por lo del dinero.

–¡Estupendo!

Colleen sonrió, pero no se sentó porque no quería arrugar el vestido. ¿Cómo hacía la gente elegante para sentarse?

–He tenido todo el día para pensar en ello y ¿sabes? Sage tenía razón. Aunque renunciara al dinero la gente seguiría hablando. La única diferencia es que yo seguiría sin un centavo.

–Veo que es tan inteligente como guapo. Me encanta.

A Colleen también le encantaba. Y eso era otro motivo para preocuparse. Pero cada cosa a su tiempo. Había decidido aceptar el regalo de J.D. y su vida iba a dar un vuelco trascendental.

–Podré dejar mi trabajo.

Jenna levantó su copa.

–Excelente. Por la futura enfermera titulada Colleen Falkner.

Colleen se posó una mano en el abdomen para aplacar las mariposas que revoloteaban en su estómago. Pero fue un gesto inútil. No había forma de calmar su cuerpo, que llevaba sufriendo altibajos todo el día. Y no por la perspectiva de poder hacer realidad sus sueños gracias a la herencia de J.D., sino por Sage Lassiter. El recuerdo de sus ojos, su boca, su voz profunda y varonil, sus anchos hombros…

No debería ir a cenar con él. Se giró y volvió a mirarse en el espejo, pero lo que vio no la hizo sentirse mejor. Tenía los ojos demasiado abiertos, los pechos demasiado grandes, su pelo parecía un nido de cuervos a pesar de sus denodados esfuerzos por arreglárselo.

¿Por qué se arriesgaba a hacer el ridículo? ¿Y si no se le ocurría qué decir? ¿Y si se quedaba mirándolo en silencio como una tonta? O peor todavía, ¿y si se ponía a tartamudear y a soltar sandeces?

—Para ya.

—¿Qué? —se sacudió los pensamientos de encima como una mujer que se estuviera ahogando y pugnara por salir a la superficie. Prácticamente jadeaba en busca de aire.

Jenna sacudió la cabeza.

—Te estás volviendo loca. Solo es una cena, Colleen. Cenas todos los días, ¿no? Puedes hacerlo.

¿De verdad podía hacerlo? No estaba tan segura, sobre todo si pensaba en cómo había sido su última cita. Ni siquiera se acordaba de cuándo había sido. Lo único que recordaba era que se había aburrido como una ostra con el tipo en cuestión y que luego él había intentado sobrepasarse en la puerta de su casa.

—Me estoy comportando como una tonta, ¿verdad?

—Un poco…

—Está bien —se convenció de que no iba a aburrirse con Sage, y si él intentaba besarla… se lo permitiría.

«Contrólate», se ordenó. Estaba dejándose llevar por su imaginación. Sage solo quería hablar de su padre. Ella solo tenía que tener presente aquello y todo iría bien. Hablando con él, pasando tiempo con él, podía ayudarlo a superar el trauma.

No se trataba de ella ni de sus fantasías. Se trataba de un hombre que, a pesar de su fortuna y su atractivo, había perdido un vínculo con su pasado. Con aquella idea clara, se valió de la compasión para sofocar sus hormonas revolucionadas.

–Tienes razón –tomó otro sorbo del vino de Jenna. No se había servido una copa para ella porque no quería ingerir alcohol con el estómago casi vacío. Pero el exquisito *sauvignon blanc* fue como un bálsamo que le abrió la garganta y aquietó las mariposas del estómago.

Respiró hondo, devolvió la copa y comprobó su reflejo una última vez.

–Es solo una cena con un hombre desolado.

–Sí. Una cena con un multimillonario arrebatadoramente sexy, inalcanzable y oveja negra de la familia… –Jenna sonrió–. Sin agobios.

Santo Dios.

Capítulo Cinco

El edificio era pequeño, incluso para ser un modesto bloque de apartamentos. Sage le echó un rápido vistazo mientras se aproximaba al portal. Tenía un minúsculo jardín delantero y una corona de flores de seda colgando de la puerta, y cuando llamó al timbre no lo sorprendió oír una bonita melodía resonando en el interior.

Lo que sí lo sorprendió fue Colleen.

Le abrió la puerta y Sage se quedó sin aire en los pulmones. Volvía a llevar aquel vestido rojo. El mismo de la noche de la cena. La noche en que él la había visto de verdad por primera vez. Era una prenda diseñada para causar impresión a un hombre; la forma en que se ceñía sensualmente a sus caderas y definía sus voluptuosos pechos hacía pensar en noches de sexo ardiente y salvaje. El pelo rubio oscuro le caía por los hombros como una capa de miel. Sage vio el destello de unos pendientes dorados cuando se echó el pelo hacia atrás, y luego bajó la mirada hacia la extensión de piel blanca y suave que acababa en la parte superior de sus pechos. Le costó un enorme esfuerzo volver a levantar la mirada hacia sus ojos.

—Estás preciosa —le dijo sin poder contenerse. Siempre mantenía el control en cualquier situación, pero en aquellos momentos se sentía como un adolescente en su primera cita. Excitado y con la mente en blanco.

Ella le sonrió como si le hubiera llevado flores, y Sage se arrepintió de no haberlo hecho. Para conseguir que desvelara sus secretos tendría que emplear todas las armas a su alcance.

—Gracias —le dijo con voz jadeante—. Espera que recoja mi abrigo.

Sacó un grueso abrigo negro de un armario y se lo puso, permitiendo que Sage pudiera volver a pensar con claridad. Cerró la puerta y volvió a sonreírle.

—¿Vamos?

Y en aquel momento, con sus ojos azules fijos en él, Sage supo que la noche no iba a salir como tenía planeado.

En el restaurante italiano Moscone agradeció el ruido de la cubertería y el murmullo de las conversaciones, pues le recordaban que estaban en un lugar público. De otra manera podría haberse visto en serios aprietos.

—Este lugar es precioso —dijo ella, sentada frente a él y mirando a su alrededor. Las mesas eran pequeñas y redondas, cubiertas con manteles blancos y con una vela en el centro. Un lado estaba ocupado por una elegante barra negra cromada, y un aria italiana sonaba suavemente por el hilo musical—. Nunca había estado aquí antes.

—La comida es buena —comentó él—. Pero les saldrá un serio rival cuando Lassiter Grill abra sus puertas —tuvo que tomar un sorbo de vino para deshacer el nudo que se le había formado en la garganta.

—Has sido muy amable al traerme aquí —dijo ella—.

Pero no era necesario. Podríamos haber hablado en mi casa.

Pero entonces no se habría puesto aquel vestido... Sage se removió incómodamente en el asiento. No se había esperado que la velada fuese a ser una tortura. Y al mirarla supo que ella no tenía ni la más remota idea de lo que le estaba haciendo. Si no controlaba rápidamente la situación no conseguiría nada.

–¿Qué puedes contarme? –le formuló la pregunta de golpe para distraerse de los peligrosos pensamientos que le llenaban la cabeza.

–Lo que quieras saber.

«Por ejemplo, si engatusaste a un viejo moribundo para que te dejara tres millones de dólares. Si lo convenciste para que privara a Angelica de su querida empresa. Si te has puesto ese maldito vestido a propósito».

No podía empezar con aquellas preguntas...

–Primero háblame de ti. ¿Desde cuándo eres enfermera? –le haría hablar para que bajase la guardia y entonces deslizaría las preguntas importantes.

Ella tomó un sorbo de vino y Sage se quedó fascinado por el movimiento de su garganta al tragar.

–Once años –posó la copa en la mesa y deslizó los dedos por el largo tallo. El cuerpo de Sage reaccionó de tal manera que le costó prestar atención cuando siguió hablando–. Cuando mi padre se puso enfermo, ayudé a mi madre a cuidarlo –el dolor le ensombreció brevemente los rasgos–. Cuando murió me di cuenta de que quería cuidar a las personas de una manera más íntima y personalizada que clínica, y por eso decidí hacerme enfermera privada. Así podría ayudar realmente a las familias que pasaban por el mismo suplicio por el que pasamos nosotras.

¿De verdad era tan generosa y desinteresada como aparentaba? Sage se esforzó en encontrar algún rastro de falsedad o engaño, pero sus ojos parecían más transparentes y sinceros que nunca. O era una actriz de primera o era del todo inocente.

No, se dijo a sí mismo. Ya no quedaban personas inocentes en el mundo. Y una mujer tan hermosa debía de haber aprendido a muy corta edad cómo dominar a un hombre.

–¿Cuánto tiempo hace que perdiste a tu padre? –le preguntó, complacido por haber controlado sus impulsos.

–Seis años –respondió con voz suave y triste–. Mi madre y yo decidimos que nos hacía falta un cambio y alejarnos de los recuerdos, de modo que nos fuimos de California y nos vinimos aquí.

–¿Por qué Cheyenne?

Ella se rio, y al ver el brillo de sus ojos azules Sage sintió que se apoderaba de él un deseo irracional.

–No me creerías.

–Ponme a prueba.

–Está bien –se inclinó hacia delante como si fuera a revelarle un secreto. Por desgracia, el movimiento aumentó la porción de escote que su vestido exhibía–. Extendimos un mapa de Estados Unidos en el comedor y mi madre cerró los ojos y con el dedo señaló a ciegas Cheyenne.

Sage la miró con asombro y también con admiración, a su pesar.

–¿Así de simple? ¿Hicisteis las maletas y os fuisteis a un sitio desconocido?

–Fue una aventura –le dijo con una sonrisa–. A las dos nos hacía falta una. Es horrible ver cómo un ser querido muere poco a poco. Al menos tú no tuviste que pasar por eso, aunque no sirva de nada decirlo.

Sage no dijo nada porque, sinceramente, ¿qué podía decir? Colleen había tenido una relación con su padre mucho mejor de lo que él había tenido con el suyo.

–Aunque al principio fue difícil acostumbrarse a la nieve, viniendo de California. Tuvimos que renovar el vestuario por completo.

–Me lo imagino –pensó en ella viendo su primera nevada y casi deseó haber estado allí.

–Cuando tu prenda de más abrigo es un jersey y estás acostumbrada a llevar chanclas todo el año… –otra sonrisa–. Digamos que fue una aventura mayor de la que esperábamos.

–¿Pero te gusta?

–Me encanta. No conocía los cambios de estación. Me encanta el otoño, y la nieve es preciosa. Y luego la primavera, cuando todo vuelve a florecer. Pero lo que más me gusta son las montañas.

–A mí también –no pensaba que tuvieran nada en común, pero se había equivocado. A no ser que le estuviera diciendo lo que creía que quería oír… Si realmente J.D. le había hablado de él, sabía que tenía un rancho en la montaña. ¿Y quién haría algo así si no le gustaba el entorno?

–Lo sé… J.D. me habló de tu rancho.

¡Ja! Sage no se lo creyó, pero le siguió la corriente.

–Casi nunca bajo a la ciudad si puedo evitarlo.

–Eso también lo sé –dejó la mano inmóvil sobre la copa de vino–. J.D. me habló mucho de ti. De que preferías tu rancho a cualquier otro lugar en el mundo. Le hubiera gustado verte más, pero decía que casi nunca abandonadas el rancho.

Sage sintió una punzada ardiente en el pecho. ¿Sentimiento de culpa? No, él jamás sentía remordimientos.

–No era el más apropiado para hablar. Él tampoco salía del Big Blue ni aunque hicieran saltar el rancho por los aires.

–Es verdad –afirmó ella–. De hecho, lo que más le preocupaba era que fueses como él, empeñado en romper con todo y con todos.

–Yo no rompo con nada –¿por qué todo el mundo tenía esa opinión de él?

–¿No? –le preguntó ella en tono suave.

Sage se puso rígido. No la había invitado a cenar para hablar de él.

–No –le aseguró secamente–. Que no fuera a visitar a J.D. no significa que sea un maldito ermitaño.

Los ermitaños disfrutaban de mucha más paz y tranquilidad que él. Sage quería a su familia, pero prefería la soledad de su rancho porque sabía por experiencia que nada bueno podía esperarse de las personas.

Enterró aquel pensamiento entre los escombros de su memoria.

–Te echaba de menos.

Aquellas simples palabras le dolieron más de lo que hubiera creído posible. Sage y J.D. habían estado enfrentados durante tantos años que le costaba recordar un tiempo en el que las cosas hubieran sido diferentes. No quería sentir más remordimientos, pero

¿cómo evitarlo? Ni siquiera en los últimos días de J.D., anciano y enfermo, había podido Sage superar sus diferencias. ¿Tendría que arrastrar el sentimiento de culpabilidad el resto de su vida? No necesitaba añadir más remordimientos a los que ya cargaba.

–Nuestras discusiones eran legendarias. Éramos como el agua y el aceite. Es imposible que me echara de menos, así que no te molestes en contarme mentiras para intentar que me sienta mejor. Conozco la verdad.

–Es la verdad –insistió ella, tomando otro sorbo de vino.

¿Qué tenía la garganta de aquella mujer para que a Sage le resultara tan fascinante?

–Te echaba de menos –le repitió con otra cálida sonrisa–. Me habló de vuestras discusiones, y creo que también las echaba de menos. No tenía a nadie con quien pelearse, y eso debía de ser muy frustrante para un hombre tan fuerte y poderoso como el que fue durante toda su vida.

Sage frunció el ceño y reconoció que tenía razón. La relación con su padre adoptivo nunca había sido buena, pero J.D. Lassiter había sido la clase de hombre que no dejaba que nada se interpusiera entre él y su objetivo. Había doblegado al mundo a su voluntad, o en el caso de Sage lo había intentado. Verse postrado a una cama, enfermo y consumido, debía de ser angustiosamente difícil.

–Me contó que su mujer y tú os adoptaron a ti y a Dylan cuando erais niños.

Al parecer J.D. se lo había contado todo… La hipótesis de que le hubiera confesado también los motivos para redactar aquel testamento cobraba fuerza.

–Así fue, en efecto –confirmó, recordando el pasado de mala gana.

Tenía seis años y Dylan, cuatro, cuando fueron a vivir al Big Blue. Sus padres habían muerto en un accidente de coche y J.D. y Ellie les proporcionaron una nueva vida, un nuevo hogar y una nueva familia. El cambio había sido demasiado repentino y difícil de asimilar, al menos para Sage. Dylan era más pequeño y no había tenido problemas en adaptarse.

Ellie había puesto todo su empeño, paciencia y amor en ganarse a Sage, y al final lo había conseguido. Pero J.D. no había tenido la misma paciencia y en vez de eso había exigido respeto y afecto, no consiguiendo ninguna de las dos cosas por parte de Sage.

Los dos se habían enfrentado por todo. Desde los deberes que tenía que hacer de niño hasta conducir un coche. Sage siempre hacía lo contrario de lo que J.D. le recomendaba. Las desavenencias y peleas eran continuas, con Ellie haciendo de pacificadora… hasta que murió al dar a luz a Angelica.

Lo único en lo que habían coincidido fue el profundo amor que compartían por la hermana de Sage. Angelica se había convertido en el nexo de unión de una familia rota. Sin la presencia mediadora de Ellie todos habrían naufragado sin remedio, pero fue la dedicación a Angie lo que mantuvo la familia a flote. Y entonces llegó Marlene, quien sin tratar de imponerse se ganó los corazones de todos.

Sage meneó la cabeza y vació su copa de vino como si fuera agua. Llegó el camarero con sus platos y los dos se quedaron callados hasta que volvió a alejarse.

–Lo siento –dijo Colleen finalmente–. No pretendía desenterrar malos recuerdos.

–No lo has hecho –mintió él.

–Bueno –ella tomó un bocado de ravioli–. Hasta ahora soy yo la única que habla… ¿Por qué no me hablas de tu rancho?

Sage la miró fijamente unos segundos, intentando averiguar qué tramaba. Pero no consiguió encontrar ningún atisbo de malicia en sus bonitas facciones, de modo que empezó a hablar, aliviado por moverse en un territorio cómodo y familiar. Observó el rostro de Colleen mientras lo escuchaba y disfrutó con las emociones que mostraba abiertamente. Pero mientras le hablaba del rancho se dio cuenta de algo: aquella noche no iba a obtener la información que buscaba. O bien Colleen era lo bastante astuta como para desviar la conversación… o bien era tan dulce e inocente como parecía ser. Fuera como fuera, a Sage iba a costarle más tiempo y esfuerzo del que pensaba descubrir lo que sabía.

Y, extrañamente, aquella perspectiva no lo disgustaba en absoluto.

–¿Lo dices en serio? –Laura Falkner se sentó en su sillón favorito y miró a su hija como si tuviera dos cabezas–. ¿Tres millones de dólares?

Colleen respiró hondo y se dio cuenta de que en los últimos días se había acostumbrado a la idea de tener tres millones de dólares. Seguía resultándole un poco raro que no tuviera que preocuparse más por pagar las facturas, pero finalmente había aceptado lo que J.D.

había querido darle, y lo único que lamentaba era no poder agradecérselo.

Al ver la reacción de su madre, sin embargo, volvía a estar tan excitada y nerviosa como al principio. Afortunadamente había esperado unos cuantos días para decírselo, ya que así había tenido tiempo para dejarlo todo listo de manera que su madre no pudiera negarse. La espera no había sido nada fácil. Los últimos tres días habían sido frenéticos y apenas había tenido tiempo de sentarse y apreciar el cambio radical que acababa de dar su vida.

Y gracias a la generosidad de J.D. la vida de su madre también estaba a punto de cambiar. Recorrió con la mirada el apartamento donde se habían instalado al mudarse a Cheyenne y sonrió. Estaba lleno de buenos recuerdos, pero muy pronto su madre los tendría aún mejores.

—Estoy hablando completamente en serio –alargó la mano para agarrar la de su madre–. Es todo cierto. Voy a sacarme el título de enfermera y a comprarme una cabaña en las montañas en cuanto sea posible.

—Es maravilloso, cariño –Laura se soltó de su agarre y le tomó el rostro entre las manos–. Tu sueño siempre fue ejercer como enfermera en un ambiente rural –se recostó en la silla y sonrió de oreja a oreja–. Me alegro mucho por ti. Me apenó enterarme de la muerte del señor Lassiter, naturalmente, pero es muy bonito que se acordara de ti.

—Sí –al fin podía entender y aceptar la herencia de J.D. como un regalo, sin importarle lo que los demás pensaran. Como Sage había dicho, la gente hablaría aceptase o no el dinero. Así que, ¿por qué no estarle agradecida a J.D. y disfrutar de lo que le había dejado? Que era mucho.

Sage…

Solo con pensar en su nombre sentía un estremecimiento por todo el cuerpo. Habían pasado tres días desde la cena, y lo que iba a ser una única noche para hablar de J.D. se había convertido en algo más. Sage la había llevado al cine al día siguiente, y al otro a bailar a un club de country. Colleen no entendía por qué quería pasar tanto tiempo con ella, pero estaba disfrutando más de lo que nunca hubiera imaginado.

Apartó a Sage de su cabeza y se concentró en lo que había ido a contarle a su madre.

—Hay más, mamá.

—¿Más? —parpadeó asombrada—. Tienes seguridad económica y vas a hacer tu sueño realidad. ¿Qué falta?

—Tus sueños.

—¿Qué? —su madre la miró como cuando Colleen era niña y tramaba algo.

—Siempre estás hablando de lo que te gustaría irte a vivir a Florida con la tía Donna, ¿verdad?

—Sí…

—Pues eso es lo que vas a hacer.

—¿Qué? No digas tonterías.

—No son tonterías —Colleen lo había organizado todo. Desde la lectura del testamento se había pasado mucho tiempo al teléfono, hablando con abogados, banqueros, agentes inmobiliarios y agencias de viaje. Quería tenerlo todo claro antes de sacarle el tema a su madre—. He encontrado la casa perfecta para ti y la tía Donna. Es preciosa y se encuentra en un bonito barrio a las afueras de Orlando.

–No puedes hacer eso. Aún no tienes el dinero y…

–Es increíble la facilidad con la que un banco te concede un crédito si les muestras la declaración jurada de un abogado afirmando que vas a recibir una herencia.

–No me digas que has pedido un crédito.

–Eso es lo que he hecho –Walter Drake le había asegurado que podría disponer de su herencia casi inmediatamente, y luego se había desvivido para que el banco le concediera un crédito.

Laura fue a la cocina, llenó una tetera de agua y la puso al fuego mientras sacudía la cabeza y murmuraba entre dientes.

–Mamá…

–No deberías haberlo hecho, Colleen –dijo su madre, sin mirarla. Sacó dos tazas y dos bolsitas de té–. No quiero que gastes dinero en mí. Quiero que lo guardes por si alguna vez te hace falta.

A Colleen se le encogió el corazón. Su madre era la persona más generosa que había conocido. Siempre anteponía las necesidades de los demás a las suyas propias. Pero eso estaba a punto de cambiar, quisiera o no.

Se acercó a ella y la abrazó.

–No podría gastarme todo ese dinero ni aunque lo intentara.

–Es lo mismo…

–Mamá –probó otro acercamiento–. Compraros una casa a ti y a Donna para que puedas vivir en un sitio cálido, sin nieve que agrave tu artritis, es lo que me hace sentir mejor. Solo he dado un anticipo. Nunca compraría una casa que no hayas visto.

–No me gusta…

–Te gustará –volvió a abrazarla–. Y si no te gusta

la casa, buscaremos otra. Esta me pareció una buena opción porque los vecinos podrían cuidar del jardín y de la casa mientras estás de viaje…

–¿De viaje?

Colleen estaba disfrutando tanto como abriendo los regalos el día de Navidad.

–Sí. Vas a hacer un viaje. El viaje con el que siempre soñaste.

–Ya basta, cariño. Sabes que no puedo dejar que lo hagas –Laura recuperó la voz y, lógicamente, la empleó para intentar rechazar la generosidad de su hija.

–Demasiado tarde. Ya está hecho –Colleen fue corriendo al salón, agarró el bolso y volvió a la cocina. Lo dejó en la mesa y sacó un montón de folletos de cruceros. Los empujó hacia su madre y puso el dedo sobre el primero.

–¿Un crucero por el mundo? –Laura se dejó caer en una silla como si las piernas no la sostuvieran.

–Sí –Colleen se sentía como un Santa Claus alto, con pechos y pies grandes–. No zarpa hasta dentro de tres meses, así que tú y la tía Donna tendréis tiempo de sobra para sacaros los pasaportes y comprar todo lo necesario. Y cuando vuelvas hablaremos de Florida. Puedes mudarte ahora mismo, si quieres, pero no sé si estoy lista para dejarte marchar tan pronto y… –se calló al ver las lágrimas resbalando por las mejillas de su madre–. No llores. ¡Se supone que tendrías que alegrarte! ¿Te he dicho ya que vais a ocupar la suite presidencial en el crucero? Hay fotos en el folleto. Tiene un balcón privado, servicio de veinticuatro horas y…

Laura ahogó un gemido, se llevó la mano a la boca y sacudió la cabeza.

–¿Estás bien, mamá?

–Creo que no –murmuró ella, mirando los coloridos folletos de Inglaterra, Escocia, Suiza y demás–. No puedo dejar que lo hagas, cariño…

–Mamá… –Colleen la abrazó con fuerza y se echó hacia atrás para mirarla a los ojos, llenos de lágrimas y tan azules como los suyos–. Siempre me lo has dado todo. Quiero hacer esto. Puedo hacerlo, y si te resistes…

Laura soltó una risita.

–¿Qué?

–Aguantaré la respiración –siempre había sido la amenaza que usaba de niña.

–Siempre fuiste incapaz de mantener la boca cerrada como para contener la respiración –le recordó su madre, y Colleen supo que la había convencido.

–Bueno, pero es que siempre tenía algo importante que decir… Como ahora –abrió uno de los folletos, mostrando la lujosa cabina que su madre y su tía compartirían en su crucero de doce semanas–. Mira esto, mamá. ¿Te lo imaginas?

–No –Laura deslizó la mano sobre el lustroso papel–. La verdad es que no puedo imaginármelo.

–Voy a querer muchas fotos.

–Te escribiré todos los días –frunció el ceño–. Tendrán ordenadores a bordo, ¿no?

–Pues claro. Y con Skype. Podremos hablar y vernos siempre que quieras. Creo que te compraremos también una tablet.

–Donna no va a creérselo –susurró su madre, incapaz de apartar la mirada de las fotos. El sueño de toda su vida estaba a punto de hacerse realidad.

Capítulo Seis

Horas después Collen estaba sentada frente a Sage en una cafetería.

–Deberías haber visto la cara de mi madre –le dijo, sonriendo al recordarlo.

–Su sorpresa debió de ser mayúscula –podía imaginárselo. Él mismo se había quedado mudo de asombro al escuchar lo que Colleen había hecho por su madre.

Lejos de ser la mujer astuta y manipuladora que él había creído, les había regalado un viaje de ensueño a su madre y a su tía en vez de gastarse el dinero en ella. Lo invadió una profunda admiración... junto al deseo que empezaba a ser algo tan natural para él como respirar.

Al no obtener información relevante en la primera cena, Sage se había propuesto pasar con ella el mayor tiempo posible. Y si bien no habían podido hablar mientras estaban en el cine, las reacciones de Colleen eran mucho más interesantes que la película. Lloraba, reía y se sorprendía con el final feliz. Era tan transparente y al mismo tiempo tan complicada que Sage no sabía qué pensar.

Mucho tiempo atrás había decidido que no se podía confiar en las mujeres. Jugaban con las emociones propias y ajenas para conseguir lo que querían y las lágrimas eran una de sus mejores armas. Pero a simple vista Colleen parecía… distinta.

Y eso lo intrigaba y también lo inquietaba.

–Desde luego –le dio un mordisco a su hamburguesa sin dejar de sonreír–. Mi madre y mi tía se han pasado años imaginando el viaje de sus sueños. Los hoteles en los que se hospedarían, los países que visitarían… Siempre estaban viendo viajes y cruceros por Internet, solo para torturarse –suspiró de felicidad–. Saber que al fin van a hacerlo realidad me resulta increíble.

–Tú sí que eres increíble –murmuró él, pensando que el ruido del local ahogaría sus palabras.

–¿Por qué lo dices?

Sage se encogió de hombros y se recostó en el asiento, apoyando un brazo en el respaldo.

–Cualquiera que hubiese recibido una fortuna caída del cielo se la habría gastado en coches caros, casas y toda clase de caprichos. Tú, en cambio, la has empleado en hacer realidad los sueños de tu madre.

La sonrisa de Colleen iluminó su rostro como un faro, y a Sage le dio un vuelco el corazón. Su desconcierto era cada vez mayor. Se había pasado casi toda su vida erigiendo un muro alrededor de su corazón, protegiéndose contra todo lo que pudiera afectarlo. Su familia era una cosa. Sus hermanos formaban parte de él y aceptaba el riesgo de amarlos porque no podría vivir sin ellos.

Pero ¿amar a una mujer? ¿Confiar en esa clase de amor? De ninguna manera. Ya había cometido aquel error hace años, y desde entonces se había mantenido lejos de los sentimientos. Había logrado escapar por poco y aun así no había salido ileso. Por eso las mujeres que frecuentaba no tenían nada que ver con Colleen. Eran únicamente distracciones temporales, como pitidos en un radar diseñado para protegerse. Colleen era diferente. Si era quien él creía no tenía nada que hacer con ella. Pero por su vida que no podía guardar las distancias.

–¿Qué me dices de tus planes y sueños?

Ella tomó un trago de su té helado.

–Ya te he dicho cuál es mi principal objetivo. Voy a sacarme el título de enfermera.

–¿Por qué?

–Porque lo que más me gustaría hacer es ejercer la enfermería rural –dijo, inclinándose hacia él sobre la mesa.

A Sage le hubiera gustado que llevase otra vez el vestido rojo y así poder echarle otro vistazo a sus voluptuosos pechos. Pero en aquella ocasión llevaba un jersey verde esmeralda sobre una camiseta blanca y unos vaqueros descoloridos que se le ceñían provocativamente a las caderas. Ni siquiera con un atuendo informal resultaba menos apetecible.

Sage se enorgullecía de mantener la cabeza despejada y la sangre fría en cualquier situación, pero en aquellos momentos solo podía pensar en tumbarla sobre la mesa y penetrarla hasta el fondo.

–Mucha gente vive en lugares tan apartados que les resulta difícil bajar a la ciudad para ir al médico –hablaba con un entusiasmo casi contagioso–. Y los que lo hacen, no pueden permitirse la factura.

No dejaba de sorprenderlo.

Trabajar como enfermera rural era una profesión dura y peligrosa. ¿Por qué no podía ser como las otras mujeres? ¿Por qué no hacía planes para irse a un balneario o de compras por el mundo? Les había regalado un crucero de lujo a su madre y a su tía, pero para ella solo quería vivir y trabajar en medio de la naturaleza.

Se imaginó a Colleen intentando abrirse camino en una ventisca, saliéndose de la carretera y despeñándose por un precipicio. Perdiéndose en la montaña y muriendo congelada en su coche…

El estómago se le revolvió y se dijo que no era asunto suyo. Si Colleen quería jugarse la vida por trabajar en un sitio hostil y desconocido, allá ella. Él solo estaba allí para averiguar lo que sabía. No había nada entre ellos. Ella no era suya. No le correspondía a él protegerla.

Pero, qué demonios, alguien tenía que aclararle las cosas.

–Conducir a las montañas desde Cheyenne es un infierno, sobre todo en invierno –confió en que sus advertencias borrarán el destello aventurero que brillaba en sus ojos azules.

Colleen le dedicó una sonrisa que lo dejó tan aturdido como si lo hubieran golpeado con un mazo.

–Esa es la segunda parte de mi plan –dijo, muy satisfecha consigo misma–. No me desplazaré a diario desde Cheyenne. Eso sería absurdo y consumiría mucho tiempo. En vez de eso voy a vender mi casa y a comprarme una cabaña o una casita en las montañas.

Sage volvió a imaginársela, pero esa vez aislada en una cabaña perdida, sin nadie que pudiera ayudarla en varios kilómetros a la redonda.

–¿Piensas vivir ahí arriba tú sola?

–Soy una mujer adulta. Sé cuidar de mí misma.

–No lo dudo –mintió–. En la ciudad, donde puedes llamar a la policía si tienes problemas o pedirle ayuda a un vecino. Te criaste en California, nada menos… ¿Cómo esperas conducir por carreteras nevadas, almacenar leña para el invierno o abrirte camino con tres metros de nieve?

Ella frunció el ceño.

–Será duro, pero me adaptaré. Será otra aventura.

–Puede ser la aventura final.

Colleen suspiró, apartó su plato como si hubiera perdido el apetito y tomó otro sorbo de té.

–¿Por qué intentas aguarme la fiesta, Sage? Tú vives en la montaña y te encanta.

–No estoy tratando de frustrar tus ilusiones, Colleen. Estoy siendo realista. Tienes que pensarlo bien.

–Lo he pensado a fondo. Lo llevo pensando durante años –se inclinó más hacia él–. Podría mejorar las vidas de muchas personas.

–O acabar la tuya –era triste ver apagarse el brillo de sus ojos, pero era preferible que Colleen se sintiera decepcionada a que estuviera en peligro–. Yo me crié en las montañas, Colleen. Sé cómo sobrevivir al mal tiempo. Pero sobre todo sé que en la montaña nunca puedes dar nada por sentado.

–No naciste sabiendo todo eso –replicó ella con determinación–. Si tú aprendiste también puedo hacerlo yo.

Sage apartó la mirada y la paseó por el abarrotado restaurante. Necesitaba tiempo para serenarse. Las conversaciones, las risas y el olor a café y hamburguesas dominaban el ambiente. Había pensado que llevar a Colleen a un local público a plena luz del día lo ayudaría a aliviar una tensión cada vez mayor. Pero no le estaba sirviendo de mucho. O mejor dicho, de nada, desde que conoció a Colleen.

Sacudió la cabeza y se fijó en los rostros desconocidos entre la clientela. Los turistas empezaban a invadir Cheyenne, llenando calles y restaurantes. Muy pronto llegarían las hordas veraniegas. Especialmente a finales de julio, cuando la gente acudía en masa para los Cheyenne Frontier Days, diez días de desfiles, carnavales y ferias gastronómicas en los que se evocaba el encanto del Viejo Oeste y se celebraba el mayor rodeo al aire libre del mundo. Había atracciones para todos los gustos, desde botas de vaquero de tres metros de altura repartidas por toda la ciudad a los tiroteos que diariamente representaban actores profesionales. Las visitas guiadas, los festivales de arte y otras muchas actividades suponían un desembolso de cientos de miles de dólares en la economía local.

En cuanto a él, procuraba quedarse en la montaña para evitar las multitudes. Se pasaba los veranos dedicándose a sus caballos e intentando olvidar que había vida más allá del rancho. Y lo conseguía, claro que lo conseguía.

Pero en aquellos momentos solo podía pensar en Colleen, sola en la montaña en pleno invierno…

–No puedes hacerlo.

–¿Perdona? –el rostro de Colleen se quedó lívido durante unos instantes, pero enseguida se encendió de indignación.

–No quería decir eso… –realmente lo había dicho sin pensar.

–¿Ah, no?

***

Colleen sofocó rápidamente su irritación. Sage estaba siendo un poco autoritario, pero al fin y al cabo esa era su naturaleza. Siempre alerta ante cualquier amenaza, presto a proteger a las personas aunque su ayuda no fuese apreciada.

Y en esos momentos intentaba protegerla a ella. Su afán protector casi la hizo olvidarse de que intentaba impedirle hacer lo que siempre había soñado. Le costaba creer que estuviera saliendo con él. Las últimas veces que se habían visto podían considerarse auténticas citas.

Hasta Jenna estaba de acuerdo en que había algo más entre ambos que la necesidad de Sage de pasar página tras la muerte de su padre. Ya apenas hablaban de J.D. En vez de eso intercambiaban experiencias e impresiones de la vida cotidiana. Colleen no sabía cómo definir aquella nueva relación, pero había decidido disfrutar de su tiempo con Sage hasta que durase. En el fondo sabía que no era la clase de mujer que pudiera cautivar a un hombre como él.

–No quiero decir que no puedas –le estaba diciendo Sage–. Lo que quiero decir es que no puedes irte a vivir sin más a un lugar tan peligroso sin saber nada de supervivencia.

Lo decía tan serio y severo que Colleen no pudo evitar reírse. Pero una parte de ella se emocionó de que intentara protegerla.

–Hablas como si fuera a vivir en mitad de la nada. No estamos en la frontera, Sage. Estaré a salvo.

–Tal vez. Pero las montañas pueden ser peligrosas.

Ella se apartó el pelo de la cara y le sonrió pacientemente.

–¿Qué peligros puede haber?

–Osos, pumas, serpientes, tormentas… –tomó tranquilamente un sorbo de café–. No estás preparada para esa clase de vida, Colleen.

Tenía razón. Colleen no había pensado en los riesgos, y la idea de enfrentarse sola a uno de esos peligros la llenaba de pavor. Pero tenía que haber algún modo de llevar a cabo su plan.

–De acuerdo, admito que tienes razón.

Él asintió.

–Pero si supiera cómo desenvolverme en situaciones de riesgo no tendría problemas, ¿verdad?

–Claro –esbozó una media sonrisa irónica–. Pero no sabes.

–Tu podrías enseñarme.

–¿Qué? –se detuvo con la taza de café a medio camino de su boca.

La idea se le acababa de ocurrir a Colleen, pero decidió seguirla hasta el final. J.D. le había hablado mucho de Sage. No había nadie en quien confiara más para enseñarle lo que necesitaba saber.

–Te prometo que aprendo rápido. Has dicho que creciste en las montañas. Nadie las conoce mejor que tú, ¿no?

–Supongo… –dejó la taza en la mesa y la miró. Y una vez más a Colleen le costó respirar ante aquellos ojos intensamente azules e hipnóticos.

Cada vez que la miraba sentía mariposas en el estómago y un intenso calor un poco más abajo. Nunca había sido tan consciente de su feminidad como cuando estaba con Sage Lassiter. Le hacía sentir cosas que nunca había experimentado, y desear cosas que no debería buscar.

Estar con él era una tortura y un placer al mismo tiempo. Disfrutaba enormemente de su compañía, pero las hormonas se le disparaban, se quedaba sin aliento y una excitación cada vez mayor le impedía pensar. En definitiva, nunca se había sentido más viva.

–¿Qué dices, Sage? –lo miró fijamente–. ¿Me enseñarás lo que necesito saber?

Los rasgos de Sage se congelaron y tamborileó con los dedos en la mesa mientras cambiaba de postura. Colleen esperó con ansia su respuesta.

Finalmente su paciencia fue recompensada.

–Quieres aprender a sobrevivir en la montaña.

–Sí –respondió, mordiéndose el labio.

–Bien. Yo te enseñaré.

Un inmenso alivio la invadió, junto a una sensación de excitante agitación.

–¡Genial! Gracias.

Él soltó una breve carcajada.

–Ahórrate los agradecimientos. Cuando hayamos acabado seguro que me odiarás.

–Claro que no –alargó los brazos y le cubrió una mano con las suyas–. J.D. siempre me hablaba de lo bueno que eras, y estos últimos días he podido constatarlo por mí misma.

–J.D. se equivocaba. Yo no soy bueno, Colleen –su expresión y su lenguaje corporal parecían corroborar sus palabras. Se alejaba de ella, pero al mismo tiempo se mantenía a su alcance.

–¿Y entonces por qué lo haces? –le preguntó en voz baja.

Él se limitó a mirarla en silencio, como si intentara decidir si responderle o no.

–Has dicho que ya no trabajas, ¿verdad?

–No. He presentado mi dimisión en la agencia –siempre le había gustado su trabajo, pero con su sueño al alcance de la mano no le había importado despedirse de la agencia privada–. Hasta que no consiga el título estoy oficialmente sin empleo.

–Bien. Empezaremos pasado mañana. Ven a mi rancho y quédate unos cuantos días. Desde allí subiremos a la montaña.

–¿Quedarme? ¿En tu rancho? –un delicioso hormigueo la recorrió por dentro, pero también sintió una punzada de inquietud.

Sage iba a enseñarle a sobrevivir en las montañas, pero… ¿quién le enseñaría a sobrevivir cuando él la dejara con el corazón destrozado?

Logan Whittaker era un abogado de treinta y muchos años, alto, atractivo y agradable, con el pelo negro y los ojos marrones. Cuando sonreía se le formaban un par de encantadores hoyuelos en las mejillas. Llevaba una chaqueta encima de una camisa blanca, vaqueros negros y un botas negras de vaquero que delataban su origen texano.

Era socio del bufete de Drake, Alcott y Whittaker, y encontró un hueco en su apretada agenda para recibir a Colleen a la mañana siguiente, estando Walter Drake fuera ocupándose de algún asunto.

Colleen entró en su despacho y echó un rápido vistazo a su alrededor. Era una habitación grande para una sola persona, pintada con colores neutros y con un sofá azul marino y sillones a juego frente al amplio escritorio. En una pared había una chimenea con baldosines blancos y azules y la repisa vacía. Todo muy profesional, sin fotos familiares, pero acogedor. Como el mismo Logan.

–Le agradezco mucho que me reciba sin previo aviso.

–No hay de qué –respondió él. Le estrechó la mano con firmeza y la invitó a sentarse–. Walter y yo estamos trabajando en el testamento Lassiter. Cada uno se ocupa de varios aspectos y a veces los caminos se cruzan.

Colleen sonrió. El acento texano suavizaba su discurso, pero no podía ocultar su agitación.

–¿Problemas con el testamento de J.D.?

Logan exhaló un suspiro, se sentó detrás de su mesa y le dedicó una encantadora sonrisa.

–¿Tan evidente resulta? –soltó una carcajada–. Solo puedo decir que hay algunos asuntos concernientes a la propiedad de los que no estoy autorizado a hablar.

–Vaya, parece un tema delicado.

–Muy delicado –se pasó una mano por el pelo–. Pero lo acabaré resolviendo.

Sus ojos mostraban tal determinación que Colleen no tuvo ninguna duda de que lo conseguiría.

–¿En qué puedo ayudarla, señorita Falkner?

–Colleen, por favor –se inclinó hacia delante y apoyó el brazo en la mesa–. Walter me ha ayudado a conseguir un crédito en el banco, pero…

–¿De qué se trata? –Logan le dedicó toda su atención y Colleen pensó que en otro tiempo se habría quedado fascinada con sus ojos. Era un hombre muy atractivo ante cuyo carisma cualquier mujer caería rendida. Pero no podría competir con Sage Lassiter…

Se sacudió aquel nombre de la cabeza y se concentró en el motivo de su visita.

–Solo quería asegurarme de que no vaya a haber problemas. Quiero vender mi casa y comprarme otra más cerca de mi lugar de trabajo y…

Logan le dedicó una sonrisa de complicidad.

–Y te preocupa que algo pueda salir mal con las cláusulas del testamento.

–Exacto –la comprensión de Logan evitó que se avergonzará de sus temores.

–No tienes nada de que preocuparte –le aseguró Logan–. J.D. redactó el testamento de manera que fuera casi imposible impugnarlo.

–¿Casi? O sea, que si alguien lo impugnara todo su contenido podría ser invalidado, ¿no?

–Es una posibilidad, en efecto –admitió él–. Pero muy improbable. J.D. sabía lo que hacía. Algunos miembros de la familia no están de acuerdo, pero no pueden hacer nada al respecto. No, respondiendo a tu pregunta, no vas a tener problemas. Así que puedes vender tu casa y comprarte la que quieres.

Colleen soltó el aire que había estado conteniendo sin darse cuenta. Logan había conseguido tranquilizarla más que Walter, tal vez porque lo explicaba todo de manera más simple.

–Gracias. Me siento mejor.

–Encantado de haberte sido de ayuda –dijo Logan,

levantándose y rodeando la mesa–. Ya sé que puede parecer extraño verte de repente con tanto dinero, pero es real, Colleen. Puedes estar tranquila.

Ella también se levantó y le ofreció la mano. Las palabras de Logan eran las que necesitaba oír: la confirmación de que su nueva vida estaba a punto de comenzar. Hasta ese momento había temido que alguien tirase de la alfombra bajo sus pies y quedarse tirada, destrozada y magullada en el suelo.

Pero eso no iba a pasar.

Logan la acompañó a la puerta y le sonrió.

–Intenta relajarte y disfrutar de todo esto, Colleen. Era lo que J.D. quería para ti.

–Sí –afirmó Colleen mientras le estrechaba la mano a Logan una última vez–. Muchas gracias por tu tiempo.

–Vuelve a verme si algo te preocupa.

Pero la herencia ya no la preocuparía más. Su preocupación era Sage Lassiter y lo importante que estaba siendo para ella. Si solo con pensar en su nombre sentía una corriente eléctrica por todo el cuerpo, tenía una buena razón para estar preocupada.

Capítulo Siete

–Guau –exclamó Jenna, levantando la mirada del portátil y abanicándose con la mano–. Según Google, Sage Lassiter tiene una fortuna de diez mil millones de dólares. Sabía que era rico, pero esto es demasiado.

Estaban las dos en el dormitorio de Colleen. La habitación era pequeña pero pulcra y ordenada, con paredes color crema, una colcha de colores y docenas de almohadas y cojines. Colleen miró a su amiga, que estaba sentada con las piernas cruzadas en la cama.

–¿No estabas buscando casas en la montaña para mí?

–Sí, en otra página. Puedo hacer dos cosas a la vez, ¿sabes? Además, tenía que asegurarme acerca de este Sage. Vas a pasar unos días en su rancho y quiero saber dónde se está metiendo mi amiga. Muchos asesinos en serie son millonarios.

–No es un asesino en serie –dijo Colleen, riendo.

–No pasa nada por investigar un poco. Bueno, como iba diciendo… –siguió leyendo la página web–. Aquí dice que ganó su primer millón invirtiendo en un chisme para ordenadores que inventó su compañero de habitación en la universidad.

–Si tuvo fe en su amigo no puede ser tan malo…

–Esa inversión le hizo ganar una fortuna –continuó Jenna–, que invirtió en otros proyectos e inventos.

–Me parece muy bien que ayudara a triunfar a otras personas –Colleen dobló otra camiseta y la metió en la maleta. A la mañana siguiente se marcharía al rancho de Sage y los nervios empezaban a hacerse notar. Pasaría tres días en su casa… Apenas podía estar sentada frente a él en un restaurante sin que el cuerpo le ardiera de deseo. Los tres próximos días iban a ser una tortura.

A menos que ocurriera algo que liberase toda la tensión acumulada. Pero ¿qué pasaría si se acostaban? Por todo lo que sabía, a Sage no le interesaban las relaciones de pareja. Y aunque buscase una relación no la querría a ella.

Por tanto… ¿qué ganaría yéndose a la cama con él?

Recuerdos para toda la vida y orgasmos a mansalva, le gritaron su mente y su cuerpo.

Volvió a sentir un escalofrío.

La idea de que Sage le enseñara las montañas y a evitar los peligros de la naturaleza le había parecido buena, pero si lo pensaba bien, el verdadero peligro era Sage. Se estaba convirtiendo en una presencia demasiado importante en su vida y en sus sueños, y ya no sabía cómo separarlos.

Lo único que podía hacer era intentar proteger su corazón del inevitable desencanto al que se dirigía de cabeza.

–¿Hola? –la llamó Jenna–. ¿Sabías que era tan rico?

–Nunca se me pasó por la cabeza preguntarle a J.D. por el saldo de su cuenta corriente.

–¿Y no te parece tremendamente injusto? –Jenna giró el portátil para mostrarle a Colleen una imagen de

Sage–. Un hombre no debería ser tan guapo y a la vez tan rico.

Colleen se habría echado a reír, pero la foto de Sage la había dejado sin palabras. Estaba increíblemente atractivo con un esmoquin y miraba muy serio a la cámara mientras una mujer, la ganadora del Oscar del año anterior, le sonreía al fotógrafo y se apretaba contra el pecho de Sage.

Aquella era la prueba de que lo suyo no podía durar. No era más que una fantasía temporal por su parte, una descarga química que no tardaría en apagarse.

¿Qué debía hacer? ¿Quedarse en casa? ¿Evitar a Sage? ¿O aceptar que todo era transitorio y disfrutar mientras durara? La emoción le recorrió las venas junto a una ráfaga de realismo. Sería interesante ver qué sensación prevalecía.

–He encontrado un par de cabañas en venta –dijo Jenna, cerrando el portátil y arrancando a Colleen de sus ensoñaciones–. Una tiene una finca de treinta acres y la otra está próxima a una carretera.

–Perfecto –Colleen sonrió y Jenna le tendió un pedazo de papel con las direcciones–. Le preguntaré a Sage si puede llevarme a verlas.

–Últimamente estamos dependiendo mucho de Sage, ¿no?

–¿Estamos?

–Es un plural mayestático –Jenna se recostó en el cabecero de la cama y estiró las piernas–. Lo has estado viendo mucho y ahora vas a quedarte con él en su casa.

–Con él no –corrigió Colleen, aunque la idea la hacía vibrar de emoción–. Solo en su casa.

–Claro, claro… –su amiga la miró fijamente–. Ya sé que es una tontería, pero tengo miedo de que te rompa el corazón.

–¿Por qué lo dices? –en el fondo lo sabía, porque no podía creerse que Sage estuviese interesado en ella, pero quería oír los argumentos de su amiga.

–Porque es un lobo solitario. Seguro que hay un motivo por el que prefiera estar siempre solo, y no me gustaría que te implicaras en sus problemas, sean cuales sean.

Colleen se rio.

–¿Qué te hace tanta gracia?

–Nada. Creía que ibas a decirme lo que yo no dejo de repetirme, que no soy su tipo de mujer. No soy lo bastante sofisticada, ni lo bastante guapa ni lo bastante rica para él.

–Oh, por favor… Tendría suerte de estar con una mujer como tú. Eres preciosa y mucho más natural que esas modelos sofisticadas o ricas. Eres buena y generosa… a veces demasiado generosa.

Colleen la abrazó.

–Gracias, pero no te preocupes. Sé muy bien que, sea lo que sea, es algo pasajero. No voy a implicarme emocionalmente.

–Lo de «demasiado generosa» era un cumplido.

–Lo sé.

–Bien… Y volviendo al hombre misterioso de las montañas…

–No es misterioso. Y eso no es una escapada romántica ni nada por el estilo. Sage va a enseñarme la montaña y seguramente intentará quitarme de la cabeza la idea de vivir sola allí arriba.

–Ojalá lo consiga.

–Muchas gracias por tu apoyo –dijo Colleen en tono irónico.

–Yo te apoyo, cariño –Jenna se incorporó y agarró una camiseta para doblarla–. Pero olvidas que he pasado toda mi vida en Wyoming y sé lo peligrosa que puede ser la montaña. Preciosa, sí, pero también mortal si no tienes cuidado.

Colleen intentó hablar pero su amiga no se lo permitió.

–No me gusta que te vayas a vivir tú sola a la montaña –hizo un gesto con la mano para rechazar cualquier posible refutación por parte de Colleen–. Ya, ya sé, las feministas pondrían el grito en el cielo si me oyeran, pero que puedas hacer algo no significa que debas hacerlo, ¿sabes?

Colleen apartó la maleta y se sentó en la cama.

–Es verdad que me asusta un poco la idea de estar sola allí arriba, pero me acostumbraré. Y no soy una imprudente ni una estúpida, Jenna. Sabré cuidar de mí misma y pediré ayuda si la necesito.

–Lo sé –Jenna asintió y se encogió de hombros–. A lo mejor es que no quiero que te vayas.

Colleen le dio un abrazo.

–Yo también te echaré de menos. Pero nos seguiremos viendo.

–Oh, eso seguro. No vas a librarte de mí tan fácilmente –le tendió la camiseta doblada–. Pero hazme un favor. No tomes una decisión precipitada cuando veas las cabañas, aunque te encanten. No quiero que te veas metida en algo de lo que no te resulte fácil salir.

Era un buen consejo. Y no solo por lo que se refería a las cabañas. Estaba a punto de quedarse en casa de un hombre que le hacía perder la cabeza. ¿Estaría ya irremediablemente perdida? ¿Se echaría atrás si pudiera?

No.

Lo pensó mientras terminaba de hacer el equipaje y concluyó que si lo más sensato era mantenerse alejada de Sage Lassiter prefería ser estúpida.

Solo había pasado una semana.

Pero la mayor parte de esa semana la había pasado con Colleen, y cuando no estaba con ella solo podía pensar en ella. No sabía qué le había hecho, pero cada vez que estaban juntos Colleen conseguía que se abriera y que le hablará del rancho, de sus planes, de su vida… Algo que no había hecho con nadie. Ni siquiera con Dylan o Angelica.

Se había colado en su interior sin que se diera cuenta. Sage no se había esperado que llegara a gustarle. No había contemplado la posibilidad de desearla tanto que cada noche fuera una tortura y cada día fuese una prueba de autocontrol. Y encima no estaba más cerca de averiguar lo que necesitaba saber de lo que había estado al comienzo.

¿Sería todo una estratagema de Colleen? ¿Estaría intentando distraerlo con sus ojos azules y llevando la tensión sexual al límite?

Si aquel era su plan, estaba funcionándole a las mil maravillas.

Ni siquiera la había besado. ¿Cómo podía perder la cabeza por una mujer a la que ni siquiera había besado?

–¿Y por qué no lo has hecho? –se preguntó a sí mismo. Porque sabía que en cuanto probara el sabor de aquellos labios carnosos y suculentos sería imposible detenerse. Querría tenerlo todo, y ese no era el plan.

Pero a esas alturas ya tendría que haber obtenido respuestas, y como parecía que iba a costarle más tiempo del que había previsto, habría que cambiar el plan.

Tomada la decisión, pudo respirar tranquilo por primera vez en una semana. Hablar con ella no estaba sirviendo de nada, de modo que la seduciría para arrancarle sus secretos.

Emplearía el sexo, salvaje, ardiente y desenfrenado, para descubrir si ocultaba información que pudiera usarse para impugnar el testamento.

Y cuando hubiera obtenido lo que necesitaba, se alejaría de ella. No era la clase de mujer que se conformara con una aventura, y en cuanto descubriera que eso era lo único que podría conseguir de él, no haría nada para intentar retenerlo.

Pero para poder sacársela de la cabeza antes tenía que estar encima de ella, debajo de ella y dentro de ella.

Seducirla no sería un problema. La química era cada vez más fuerte entre ellos. «¿Me enseñarás lo que necesito saber?». Desde luego que sí, era mucho lo que quería enseñarle, y casi nada tenía que ver con la supervivencia.

¿En qué demonios había estado pensando al ofrecerle que se quedara en su rancho? Solo a un masoquista se le ocurriría algo semejante. Pero cuando Colleen llegara, iba a hacer lo que tendría que haber hecho días antes: besarla hasta dejarla sin aliento, llevársela a la cama y volverla loca de placer para que se lo confesara todo.

Apretó los dientes contra el deseo que le palpitaba en las venas y entró en el establo. El olor de los caballos, el cuero y el heno lo recibieron con su familiar fragancia y le hicieron suspirar de gratitud. Siempre podía contar con los caballos para despejar la mente, aunque solo fuera por unos momentos.

Se detuvo para saludar a una yegua alazana que había asomado la cabeza por la puerta del *box*.

–Eres una preciosidad, Belle –le susurró, acariciándole el cuello.

La yegua arrimó la cabeza a su hombro y relinchó con deleite. Aquel era su lugar, pensó Sage. Entre aquellos animales a los que tanto quería. Los caballos no mentían ni traicionaban. En ellos siempre se podía confiar.

Eran las personas las que defraudaban.

–¡Jefe!

Sage frunció el ceño y se giró hacia uno de los vaqueros que vivían en el rancho.

–¿Qué ocurre, Pete?

–Pensé que te gustaría saber que tu hermana acaba de llegar.

Sage maldijo en voz baja. ¿Por qué su hermana tenía que presentarse el mismo día en que iba a seducir a Colleen Falkner? No recordaba cuándo había sido la última vez que Angie fue a verlo a la montaña. Pasaba la mayor parte del tiempo en Los Ángeles, pero cuando estaba en casa se quedaba en el Big Blue o visitando a sus amigos en Cheyenne.

Pero aquella no era una visita cualquiera. Angie no solo había perdido a su padre, sino también su fe en él. Sage se había convertido en el cabeza de familia, pero por mucho que le doliera no podía hacer nada para ayudarla, salvo escucharla. Era una sensación muy desagradable para un hombre acostumbrado a encontrar soluciones para todo. Se frotó la cara con las manos y se dirigió hacia la casa.

El rancho se parecía mucho al Big Blue, pero no era ningún homenaje a J.D. Simplemente era lo más práctico. La casa principal se levantaba al final de un camino y delante se abría una enorme extensión de hierba y flores silvestres. El granero, los establos y las cabañas de los vaqueros se situaban en la parte de atrás y había una piscina con un promontorio rocoso y una cascada.

Las vistas eran espectaculares desde cualquier punto. Sage había hecho que el arquitecto diseñara la casa para que se fundiera con la belleza del paisaje. La madera, el vidrio y la piedra daban la impresión de que siempre había estado allí, como si hubiera crecido del bosque y las rocas. Los árboles crecían por doquier y el fragante olor de los pinos perfumaba el aire.

En Wyoming hacía frío casi todo el año, incluso en verano, especialmente en la montaña. Un viento helado le sacudió el pelo mientras iba al encuentro de su hermana. Angelica acababa de bajarse del coche y su expresión delataba que no se sentía mucho mejor que un par de días antes, cuando Sage y Dylan habían ido a verla al Big Blue. También Evan estaba allí, pero la tensión entre la pareja se palpaba en el aire.

–Siento presentarme sin avisar –dijo Angie a modo

de saludo, arrebujándose en el jersey azul que le llegaba al muslo–. Tenía que salir de casa.

–Siempre eres bienvenida –le dijo él, aparcando sus planes para Colleen hasta que su hermana volviera a marcharse–. ¿Qué ocurre?

–Mejor dicho, qué no ocurre… Lo siento, Sage. Sé que me estoy comportando como una histérica, pero no puedo evitarlo.

–Eh –la rodeó con un brazo–, estás hablando de mi hermana pequeña.

Angie se abrazó a su cintura. Desde que era pequeña Sage siempre había hecho todo lo posible por protegerla, y odiaba no poder ayudarla en esos momentos.

–Siempre consigues tranquilizarme. ¿Cómo lo haces?

–Es un don –la apretó con fuerza–. Y ahora ¿quieres decirme lo que está pasando?

–Solo son rumores…

–Dime lo que has oído.

Ella lo miró y se mordió el labio.

–Se dice que Jack Reed está interesado en Lassiter Media.

Jack Reed. Sage no se sorprendió. El tiburón Reed se dedicaba a comprar empresas en dificultades y desmontarlas para venderlas por partes. Si estaba interesado no pasaría mucho tiempo hasta que otros tiburones empezaran a rondar a la familia Lassiter. No podían permitirse que nada los dividiera. Tenían que permanecer unidos ante cualquier adversidad, y así se lo hizo saber a Angie.

–Estamos unidos –arguyó ella.

–Estamos muy alterados –replicó él–. Y perdemos

153

demasiado tiempo intentando averiguar lo que se le pasó a J.D. por la cabeza cuando redactó el testamento.

–Lo sé, lo sé –se apartó de él y se tiró del jersey–. Mi primer impulso fue impugnar el testamento.

–Sí, yo sentí lo mismo. Y también Dylan –no le dijo, sin embargo, que ni él ni su hermano se habían atrevido a hacerlo.

Ella se apartó el pelo de la cara.

–No sé qué hacer, Sage. Quiero la empresa, pero eso sería ir contra la última voluntad de papá. Por otro lado, ¿cómo puedo quedarme de brazos cruzados y aceptar esta situación tan injusta?

–Es una situación muy complicada, pero la resolveremos –J.D. había hecho de Angie una mujer segura de sí misma, y luego había hecho pedazos esa confianza con un documento demoledor.

¿Por qué?

Angie se rio y levantó las manos al aire.

–Lo siento… No tendría que haber venido, pero necesitaba a alguien con quien hablar. Alguien que me entendiera.

–Sabes que puedes venir siempre que quieras, Angie. Pero solo por curiosidad, ¿dónde está Marlene?

–En el rancho –echó a andar hacia el porche y él la siguió–. Siempre está dispuesta a escuchar, pero no puede ser objetiva en este asunto de papá… Ojalá Colleen siguieran en el Big Blue. Con ella sí que era fácil hablar.

Sí, pensó él. Era muy fácil hablar con Colleen. Y mirarla. Y olvidar por qué había empezado todo aquello.

En aquel momento un todoterreno rojo apareció en

el camino y a Sage casi se le salió el corazón del pecho, como un joven en la primera cita con la chica de sus sueños.

–Vaya, vaya… –murmuró Angie–. Esto se pone interesante.

–No es lo que piensas.

–¿No? –el motor se apagó y la puerta del conductor se abrió–. Porque parece una maleta lo que está sacando del coche…

–No empieces, Angie…

Colleen arrastró su pesada maleta fuera del coche y miró la casa que tenía ante ella. Era más pequeña que el Big Blue, pero no demasiado. El sol de la tarde se reflejaba en las ventanas y los sillones del porche invitaban a sentarse y disfrutar de la vista. Los troncos color miel ofrecían una imagen cálida y acogedora, la fragancia de los pinos impregnaba el aire y las dos personas en el porche la observaban.

No se había esperado encontrarse allí a la hermana de Sage, pero quizá fuera mejor así. Los nervios no la dejaban en paz, cada vez sentía una fascinación mayor por Sage, y ante la perspectiva de vivir en su rancho la emoción se había hecho tan intensa que le daba miedo. Tener a Angie de parachoques podría aliviar la tensión de los primeros minutos.

–Hola, Angie –la saludó sin apartar la vista de Sage. El contacto visual con sus intensos ojos azules le provocó escalofríos en la espalda.

–Hola –Angelica salió para recibirla y abrazarla–. Te he echado de menos desde que te fuiste del Big Blue.

–Yo a ti también. ¿Cómo están todos? ¿Y Marlene?

–Echa terriblemente de menos a papá, igual que todos –se encogió de hombros–. Todo es mucho más difícil desde la lectura del testamento –respiró hondo y miró a Sage–. ¿Por qué no llevas la maleta de Colleen?

–Oh, no hace falta, puedo… –empezó a protestar ella.

Sage le quitó la mano del asa y Colleen sintió el familiar hormigueo subiéndole por el brazo y arremolinándose en su pecho. La mirada de Sage le hizo ver que también él había sentido aquella chispa eléctrica que prendía cada vez que se tocaban, como una cerilla prendiendo una mecha conectada a una carga de explosivos.

Él agarró la maleta como si no pesara más que una pluma, a pesar de que Colleen la había llenado hasta los topes. Volvió a mirarla y a Colleen se le secó la garganta y le temblaron las rodillas. Si Angie no hubiera estado allí, observándolos, muy probablemente se hubiera arrojado en brazos de Sage.

–Vamos –dijo Angie, sacándola de su fantasía.

Colleen la siguió al interior y se dejó arrastrar por la curiosidad que siempre le había suscitado el rancho de Sage. La descripción de J.D. no hacía honor a la realidad.

Fuera era muy parecido al Big Blue. Anexos, graneros, establos y un enorme corral destinado a domar caballos. Colleen sabía que Sage se dedicaba a criar caballos de carreras. Pero fue el interior de la casa principal lo que la cautivó.

Estaba construida con troncos, al igual que el Big Blue, pero ahí acababan las semejanzas. A diferencia del hierro que componía gran parte del rancho de los Lassiter, la casa de Sage era todo madera y vidrio. Pasamanos e intrincados balaustres de madera en la amplia escalera, estanterías que parecían talladas en las paredes y que contenían centenares de libros… Las ventanas ofrecían una vista del valle y de Cheyenne tan espectacular que dejaba sin aliento. Una chimenea de piedra dominaba una pared, y en la repisa había fotos de sus hermanos y de una joven pareja que debían de ser sus padres biológicos.

Mientras Sage y Angie hablaban, alternando los murmullos con los gritos, Colleen se puso a dar vueltas por el salón. El suelo de roble relucía a la luz del sol que entraba por las ventanas. Las alfombras añadían un toque de color a la acogedora estancia, completada con sofás y sillones de cuero y mesas de roble cargadas de libros.

La casa era perfecta y Colleen estaba impaciente por explorar el resto. Quería lo mismo para ella, pero a una escala más pequeña, naturalmente.

–No lo entiendes –estaba diciendo Angie, y Colleen se giró hacia los dos hermanos–. Evan se comporta como si esto no significara nada. Me ha ofrecido que yo siga dirigiendo la empresa, pero no parece comprender que no es lo mismo que te cedan el control que tener el control. No quiero que él renuncie al puesto por mí. Es un círculo vicioso… Evan cree que debería ser yo quien estuviera al mando, pero ¿cómo voy a dirigir la empresa si mi padre no quería que lo hiciera? Estamos siempre discutiendo y no dejo de preguntarme por qué haría papá algo así. ¿Quería que Evan y yo rompiéramos? ¿O estaba decepcionado conmigo?

Sage estrechó fuertemente a su hermana entre sus brazos y a Collen se le encogió el corazón. Era un hombre bueno y cariñoso, pero se empeñaba en negarlo.

–Papá te quería –le dijo Sage–. Hay algo más que no sabemos, Angie, y vamos a descubrir de qué se trata.

Miró a Colleen y ella sintió un escalofrío en la espalda. No había el menor atisbo de calor ni atracción en aquella mirada. Pero antes de que pudiera preguntarse qué le pasaba, la expresión volvió a disolverse en un gesto de preocupación por su hermana.

Angie se apartó y miró fijamente a Colleen.

–Tú fuiste con quien más tiempo pasó en sus últimos días. ¿Te contó por qué iba a dejarme fuera como si yo no significara nada para él?

Las miradas de los dos Lassiter la hicieron sentirse terriblemente incómoda. Por desgracia no tenía respuestas que darles.

–No, Angie. No me habló de su testamento. Nunca supe lo que iba a dejaros en herencia.

–Él habló contigo, Colleen –insistió Sage, mirándola con frialdad y dureza cuando unos minutos antes sus ojos ardían de deseo–. Puede que no sobre su testamento, pero sí te contó lo que sentía y pensaba. Así que dinos lo que sabes.

Ella lo miró con perplejidad.

–¿Qué puedo deciros que no sepáis ya? Os quería a todos. Hablaba de vosotros con afecto y orgullo…

–¿Entonces por qué lo hizo? –exigió saber Angie–. ¿Por qué?

–No lo sé –respondió Colleen con un profundo suspiro–. Ojalá lo supiera.

Sage endureció su expresión, como si se estuviera preguntando si ella ocultaba algo.

–Colleen no sabe nada, Angie –dijo finalmente–. Nadie lo sabe. Pero te prometo que lo averiguaremos.

–No cambiará nada –esbozó una sonrisa forzada–. Lo siento mucho. No quería pagarlo con vosotros, pero es que me siento tan confusa…

–Tu padre te quería, Angie –le dijo Colleen con voz amable–. Estaba muy orgulloso de ti.

Los ojos de Angie se llenaron de lágrimas, pero las contuvo y levantó el mentón.

–Quiero creerte, Colleen. De verdad que sí.

–Puedes hacerlo.

–Eso espero –asintió y se giró hacia su hermano–. Tengo que irme. Le prometí a Marlene que la llevaría a cenar al pueblo.

Sage le dio un beso en la frente.

–Intenta no preocuparte. Lo resolveremos.

–Claro –le sonrió a Colleen–. Y ahora os dejo solos para que hagáis… lo que quiera que estuvieseis planeando hacer antes de mi llegada.

Colleen se puso roja como un tomate.

–Oh, no, por favor, no te confundas. Solo estoy aquí para que Sage me enseñe cómo es la vida en las montañas. Quiero venirme a vivir aquí y…

–¿Vas a mudarte aquí? –la interrumpió Angie.

–No aquí exactamente –aclaró Colleen, mirando fugazmente a Sage para ver su reacción al comentario. Pero Sage no parecía estar escuchando a su hermana. La estaba mirando fijamente a ella, y las llamas que ardían en sus ojos la abrasaban de la cabeza a los pies–. Me refiero aquí, en las montañas –añadió.

Se sentía ridícula. Angie sabía muy bien que no había nada entre ellos. Nada, salvo una atracción recíproca a la que ninguno respondía.

–¿Has pensado ya en algún sitio?

–Hay un par de cabañas en venta que quiero ver. Me preguntaba si Sage podría enseñarme dónde están.

–Oh, mi hermano mayor es muy servicial. Seguro que no le importa –le sonrió a Sage–. ¿Verdad que no, Sage?

–¿No tenías que irte? –le preguntó él, y los dos se miraron fijamente durante un minuto.

–Sí, supongo que sí –respondió finalmente Angie–. Después de cenar con Marlene he quedado con Evan. Los dos hemos pensado que sería mejor hablar fuera de la oficina. Estando los dos allí es muy embarazoso. Pero tenemos que discutir los planes para la empresa.

–Eso es estupendo, Angie.

–En teoría. Ya lo veremos, dado que ahora es mi jefe.

Colleen puso una mueca. Le gustaría saber por qué J.D. le había hecho aquello a su hija y así poder darle una explicación. Pero no tenía ni idea de los motivos que había podido tener para provocar aquel drama familiar.

–Bueno –Angie cruzó la habitación y abrazó a Colleen–. Vosotros dos divertíos o lo que sea. Y no permitas que Sage te convierta en una especie de Daniel Boone, ¿de acuerdo?

Colleen se rio.

–No lo creo.

–Nunca se sabe lo que puede pasar con el ermitaño de la montaña…

–Adiós, Angie –le dijo Sage.

–Ya me voy –Angie los miró a ambos y le sonrió con picardía a Colleen–. Seguro que Sage te enseña todo lo que necesitarás saber.

Y con aquella insinuación se marchó. Sage la acompañó a la puerta y Colleen, a solas en el salón, se preguntó si las lecciones que iba a recibir serían las que esperaba.

Capítulo Ocho

Sage se despidió de su hermana y volvió a entrar, pero se detuvo en la puerta del salón. Colleen estaba de espaldas a él, contemplando los árboles y el cielo por las ventanas. La imagen de su cuerpo le provocó una reacción instantánea.

Había estado con muchas mujeres. Modelos deslumbrantes y glamurosas que se pasaban horas delante del espejo y que tenían a su servicio a los mejores estilistas, peluqueros y maquilladores. Pero nunca había sentido por ellas el mismo deseo arrebatador que sentía por Colleen. El pelo le caía suelto y despeinado por los hombros, llevaba unos vaqueros, un jersey rojo y zapatillas deportivas. Y su aspecto era irresistible.

Se giró como si hubiera sentido su presencia y sus miradas se encontraron.

–Me siento muy mal por todo el asunto del testamento –dijo en voz baja, casi inaudible.

Las sospechas se apoderaron brevemente de Sage. ¿Iba a confesarle que había conspirado con J.D. para dejar a Angie sin lo que le correspondía? Ojalá no lo hiciera, porque él quería sonsacárselo mediante la seducción y el sexo.

–¿Por qué?

–Angie está muy dolida por el testamento, mientras que a mí me ha cambiado la vida.

–También ha cambiado la suya –dijo Sage con ironía.

–Lo sé. Y ojalá pudiera ayudar –la luz del sol a sus espaldas la rodeaba de un halo y parecía salpicar sus cabellos de polvo dorado. Sage se quedó fascinado al contemplarla y sintió algo más que atracción y deseo.

–Lo dices en serio, ¿verdad?

–Pues claro que lo digo en serio –declaró, desconcertada por la pregunta–. ¿Por qué no habría de hacerlo?

Por qué, en efecto. Si ocultaba algo era condenadamente buena actuando. Y si era inocente… No cambiaba nada. Sage seguía deseándola y estaba decidido a tenerla.

–No importa –se acercó a ella–. Déjame ver esas cabañas –ella se sacó el papel del bolsillo y Sage leyó las direcciones. Una no estaba lejos, pero la otra se encontraba mucho más arriba en la montaña–. Vamos a echarles un vistazo.

–Esta era la casa de Ed Jackson –dijo Sage mientras conducía a Colleen por el pedregoso sendero que conducía hacia la pequeña cabaña.

La primera dirección que le había dado se encontraba a unos pocos kilómetros más arriba del rancho. La carretera estaba en buen estado, pero las curvas, la pendiente y el precipicio las convertían en un duro desafío incluso para los conductores más avezados.

No se le había pasado por alto que Colleen se aferraba al posabrazos cada que vez que giraban en una de las curvas excavadas en la montaña. Pero pareció olvidarse de la peligrosa subida en cuanto llegaron y contempló fascinada el emplazamiento. Sage la agarró de la mano al tomar el estrecho sendero hacia la cabaña, deleitándose con el hormigueo que le provocaba su tacto.

Las flores habían desaparecido hacía tiempo y la maleza lo cubría todo. La cabaña estaba sólidamente construida, pero la pintura blanca presentaba grietas y desconchados. En el porche seguía habiendo dos sillas, y Sage recordó cómo subía allí de niño y encontraba a Ed y a su mujer sentados en aquellas sillas, hablando y riendo. Pero Helen había muerto cinco años atrás y Ed se había quedado solo, negándose a mudarse a la ciudad hasta que la edad venció su obstinación y lo obligó a poner su querida cabaña en venta para mudarse a una residencia de ancianos en Cheyenne.

–Es preciosa –dijo Colleen–. Me encantan esos árboles alrededor, como centinelas montando guardia.

–Sí –intentó no pensar en que estaba lo bastante cerca de ella como para…–. Vamos, te enseñaré el interior.

–¿Podemos entrar?

–Ed siempre dejaba una llave sobre la puerta –la encontró y abrió.

Los muebles tenían al menos cuarenta años y el aire olía a polvo y a humedad. Colleen la recorrió en pocos pasos, examinó el minúsculo dormitorio, el baño y la cocina. Las ventanas ofrecían una vista del bosque circundante y del profundo barranco que caía a un lado de la casa.

–¿Por qué su dueño quiere venderla?

Sage le contó la historia de Ed y vio cómo la compasión se reflejaba en su rostro. Tan intrigante como siempre. A Sage le gustó que se preguntara por qué estaba la casa en venta y que se compadeciera del hombre que se había visto obligado a abandonar su hogar, pero ignoró la punzada de emoción y miró la cabaña con ojos imparciales.

–Tendrás que instalar un generador. A Ed no le importaba quedarse sin electricidad, pero creo que a ti sí.

–Es verdad –admitió con ella con una sonrisa encantadora.

–La cocina es de leña –continuó él, pasando la mano por el polvoriento fogón de hierro–. Pero los pinos que crecen junto a la casa tendrán que ser talados o podados. La nieve o el viento podrían tirarlos sobre el tejado. Y es mejor despejar los alrededores en caso de un incendio forestal.

–Pero esos árboles llevan ahí muchos años.

–Sí. A Ed no lo preocupaban porque podía arreglar el tejado o abrir rápidamente un claro si era necesario. Pero tú no.

Ella frunció el ceño y siguió examinando la estancia, acariciando los respaldos de las sillas y enderezando las fotos enmarcadas en las paredes.

–La estructura es sólida –dijo él, mirando a su alrededor para no mirarla a ella–. Pero deberías hacer que la inspeccionaran para estar segura. La carretera del condado está al final del camino, por lo que los quitanieves la mantendrán siempre despejada.

–¿Y el camino?

–El condado no se ocupará de despejarlo. Tendrás que conseguir un quitanieves o contratar a alguien para que venga después de una nevada.

Colleen asintió y soltó una profunda exhalación mientras pensaba en lo que él le decía. Vivir tan lejos de la ciudad no era tan sencillo como se había imaginado, y Sage casi sintió lástima por ella. Casi, pero no del todo, porque no le gustaba la idea de que viviera allí sola. Colleen era una mujer de ciudad y no sabría cómo afrontar una emergencia.

–También tendrán que revisar el tejado. El invierno pasado cayeron fuertes nevadas y Ed ya no estaba en condiciones de ocuparse de esas cosas por sí mismo.

–Otra inspección… –murmuró ella.

–Como está a bastante altura no tendrás que preocuparte por el deshielo de primavera, pero deberás despejar las zanjas para que la nieve derretida no inunde la casa.

–Primero tengo que preocuparme por las nevadas y luego por que la nieve se derrita –dijo ella, riendo.

–Así es –se apoyó en una pared mientras ella miraba por la ventana de la cocina.

–¿Cuánto tiempo vivieron aquí Ed y su esposa?

–Casi cuarenta años. Después de que Helen muriera Ed se aisló del mundo. No habían tenido hijos, y sin ella se encerró en sí mismo y dejó de preocuparse por mantener la cabaña en buen estado.

–La echaba de menos –se giró para mirarlo.

–Sí –otro motivo más para no implicarse emocionalmente con nadie.

Si uno no se encariñaba con alguien no lo echaba de menos cuando esa persona desaparecía. Había aprendido la lección de niño… y también más tarde, cuando se arriesgó aun sabiendo lo que se jugaba.

–Quiero echar un vistazo al exterior –dijo ella.

Él la siguió, cerró la puerta tras ellas y devolvió la llave a su sitio. Colleen caminó hasta el extremo del porche y se inclinó sobre la barandilla para asomarse al barranco que cortaba aquella vertiente de la montaña. El pelo le cayó por los hombros cuando se inclinó aún más, y los vaqueros se le ciñeron tan provocativamente al trasero que Sage se quedó embobado mirándola.

Pero entonces todo cambió.

Oyó un crujido seguido de un grito. Su cuerpo reaccionó antes incluso de darse cuenta y agarró a Colleen por el brazo al tiempo que la barandilla cedía y la madera podrida se estrellaba contra las rocas. Apretó a Colleen contra él y la rodeó fuertemente con los brazos, sintiendo los temblores de ambos.

–Te dije que Ed no había reformado la cabaña –tenía la voz trabada por la tensión y el susto–. Nunca te apoyes en una barandilla vieja. No, mejor dicho, nunca te apoyes en ninguna barandilla.

–Buen consejo –murmuró ella con la voz ahogada contra su pecho. Y cuando levantó la cabeza y lo miró, Sage sintió que los restos de su autocontrol se hacían pedazos igual que la barandilla podrida.

Tenía la boca de Colleen al alcance de la suya. Oía su respiración acelerada y veía cómo le latía frenéticamente el pulso en el cuello. Estaba tan aturdida como él. Si no la hubiera sujetado a tiempo se habría despeñado por el barranco.

Pero no se había caído. Estaba allí, pegada a él, y lo único que Sage pudo pensar fue «gracias a Dios», antes de agachar la cabeza y besarla en la boca.

Una explosión de calor estalló en su interior. La

besó con una pasión feroz y desesperada. No había tiempo para la seducción. Era puro deseo carnal que se propagaba por su cuerpo como lava hirviendo. La devoró sin piedad y sintió cómo claudicaba cuando le rodeó el cuello con los brazos.

Él respondió con un gemido ahogado y se giró para sujetarla de espaldas contra la pared de la cabaña. Le hizo separar los labios con la lengua y le exploró ávidamente la boca, ansioso por colmarse con su esencia después de esperar tanto tiempo. Nunca había esperado tanto para poseer a una mujer a la que deseara. Y nunca había deseado tanto a una mujer como a Colleen.

El fuego se le propagaba por las venas, arrasando su capacidad racional y dejándolo a merced del imperioso deseo que le palpitaba dolorosamente en la entrepierna. No podría aguantar mucho más. La necesidad física amenazaba con consumirlo, y el único pensamiento coherente que se le pasaba por la cabeza era que había demasiada ropa entre ellos.

El frío viento de las montañas no lo disuadió cuando tiró de su camiseta hacia arriba. Ella se estremeció, pero continuó besándolo y entregándose sin reservas. Sage le agarró los pechos y ella echó la cabeza hacia atrás con un gemido, arqueándose hacia delante. Los pezones se marcaban a través del sujetador y Sage los acarició hasta hacerla retorcerse de placer.

Le levantó el sujetador y contempló los pechos turgentes y apetitosos con los que no había dejado de fantasear desde la primera vez que la vio con el vestido rojo. Los pezones estaban duros y erectos y Sage no pudo contenerse; se agachó y atrapó uno de ellos con los labios, acariciándolo con la lengua y los dientes hasta que oyó a Colleen pronunciar su nombre con voz jadeante. Entonces empezó a succionar y el grito de Colleen lo incitó a seguir. A dar más. Y a recibir más.

Se irguió de nuevo y le desabrochó rápidamente los vaqueros. Bajó una mano por el vientre, la introdujo por el elástico de las braguitas y la apretó contra su sexo, húmedo y ardiente. Los expresivos ojos de Colleen se nublaron y se pegó a su mano, pidiéndole más en silencio. Pero él se contuvo, sin moverse ni acariciarla, torturándolos a ambos. Apretó los dientes para controlarse y deslizó la yema del pulgar sobre un punto particularmente sensible. El cuerpo de Colleen reaccionó con un respingo. Él la besó brevemente y siguió martirizándola con sus leves caricias.

–Sage, por favor… –le suplicó–. Tócame… Tómame.

Sage se perdió en su mirada y le dio lo que pedía. Lo que ambos pedían. Hundió los dedos en sus profundidades y la hurgó con habilidad. Ella aceleró sus movimientos y le costó respirar, pero aun así consiguió susurrar su nombre mientras se aferraba a sus hombros y abría las piernas para facilitarle el acceso.

No podía apartar los ojos de ella. Nunca había visto nada más hermoso que a Collen dominada por la pasión. Pequeños gemidos brotaban de su garganta. Se mordió el labio y clavó la mirada en la de ella hasta que todo lo que Sage pudo ver fueron sus sorprendentes ojos azules.

El rostro de Colleen reflejaba todo lo que estaba sintiendo, por lo que Sage supo cuando se acercaba al orgasmo. La llevó hasta el borde y la besó en la boca cuando el clímax la sacudió entre sus brazos.

Pero él quería más. La deseaba con más ansia que antes de tocarla. Y no estaba dispuesto a esperar más tiempo.

–Ven conmigo –espetó, confiando en que Colleen lo oyera a través del deseo que le nublaba la mente y los ojos.

No se molestó en subirle los vaqueros, porque en cuestión de segundos tendría que volver a quitárselos. La agarró de la mano y la llevó hacia la puerta, la abrió, la hizo entrar y echó el cerrojo. A continuación la apretó contra él con tanta fuerza que Colleen sintió la dureza de su erección.

–¿Podemos hacer esto? ¿En la casa de un desconocido?

–Ed no es un desconocido para mí –le susurró Sage–. Y te aseguro que no le importaría.

Colleen esperó que tuviera razón, porque no quería desperdiciar aquel momento. Sage la miraba fijamente a los ojos, y el deseo era tan fuerte que barrió su sentido de la precaución.

–Sí –respondió en voz baja a la pregunta no formulada–. Sí, Sage. Ahora.

Se lamió los labios y se puso de puntillas para besarlo con la misma pasión con que él la había besado la primera vez. Sage respondió de igual manera, le quitó el jersey y la camiseta y ella hizo lo propio con su chaqueta, pero con la camisa no se anduvo con miramientos y se la abrió de un fuerte tirón. Sage oyó un par de botones cayendo al suelo, pero no le importó lo más mínimo. Tenía que sentir su piel desnuda contra la suya. Ya. En aquel instante.

La espera se había acabado.

El deseo lo cegaba. Nunca había necesitado tanto a una mujer. El sexo siempre había sido rápido y superficial, pero con Colleen era algo más profundo. Pero no quería pensar por qué estaba tan desesperado por poseerla. La necesitaba. Y punto.

Ella dejó de besarlo y le desabrochó el cinturón sin apartar la mirada de sus ojos. No había nada más sexy que una mujer manteniendo la mirada mientras lo desnudaba. Le desabotonó los vaqueros y metió la mano para agarrarle la erección.

Al primer roce de sus dedos Sage estuvo a punto de explotar, por humillante que fuera reconocerlo. Pero estaba tan duro y excitado que el tacto de Colleen, firme y suave, fuerte y delicado, era como prender una mecha.

—Para —apretó los dientes y le apartó la mano con una sonrisa—. Si sigues haciendo eso todo acabará antes de empezar.

—Oh, no, de eso nada —se quitó las zapatillas y empezó a quitarse los vaqueros, pero él la detuvo.

—Yo lo haré —le acarició los pechos y los pezones—. En estos días no he pensado en otra cosa que en quitarte los vaqueros. Quiero disfrutar del momento.

—Espero que no te importe si también disfruto yo —dijo ella en voz baja.

—Encantado —sonrió y le bajó los vaqueros y las braguitas. Se arrodilló y le besó la piel a medida que la iba desnudando—. Tienes un cuerpo increíble.

Ella se retorció y le deslizó los dedos entre el pelo.

—Mis pechos son demasiado grandes. Igual que mis pies y mi trasero.

—Te equivocas —le susurró, y para demostrárselo le

masajeó las nalgas hasta hacerla estremecer–. Tienes un trasero fabuloso, y tus pechos son perfectos.

Ella se aferró a sus hombros y se quitó los vaqueros, quedándose desnuda ante él a la luz del sol, tan sublime y espectacular como Sage se había imaginado. Le deslizó las manos por las caderas y las piernas, hasta los pies.

–Me encantan tus curvas. Sería feliz de perderme en tu cuerpo para siempre.

Ella le puso la mano bajo la barbilla para levantarle la cabeza y mirarlo a los ojos.

–¿Lo dices en serio?

–Tienes un cuerpo de ensueño, nena.

Sus curvas lo enloquecían y quería sentir sus largas piernas rodeándole las caderas. Y los rizos rubios de la entrepierna estaban a la altura adecuada para hacer lo que llevaba mucho tiempo deseando hacer.

La miró desde abajo y con los dedos abrió un pequeño claro entre el vello púbico para su boca y su lengua. Ella vio lo que se disponía a hacer y ahogó un profundo gemido.

–Sage…

–Quiero comerte entera –dijo, y se inclinó para cubrir con la boca su calor íntimo.

Ella se arqueó con un grito entrecortado, le clavó los dedos en los hombros y le arañó la piel con sus cortas uñas. Se tambaleó peligrosamente, pero él la sujetó con sus manos en el trasero y siguió lamiendo y besándola, saciando su voraz apetito y deleitándose con la tensión que le agarrotaba los músculos a Colleen con cada roce de su lengua. Le subió las manos por los muslos y las caderas, y luego llevó los dedos al calor que palpitaba bajo su boca mientras seguía devorándola.

El mundo se encogió a su alrededor hasta que solo existió Colleen. Su sabor, su olor, su tacto… Ella lo era todo. Los gemidos que escapaban de su garganta avivaban el deseo de Sage por poseerla hasta hacerlo enloquecer. Sintió que ella se acercaba a otro orgasmo, pero esa vez él iba a estar dentro de ella cuando llegara.

Y de repente no pudo esperar ni un segundo más para unirse a ella. Se apartó, se despojó de los vaqueros y la tumbó sobre la alfombra deshilachada con su diseño de flores desteñidas. Se colocó sobre ella, le separó las piernas y…

—Maldita sea…

—¿Qué pasa? —preguntó ella con angustia—. ¿Por qué te paras? Sigue, por favor…

Él apoyó la frente en la suya. Sentía ganas de darse cabezazos contra una pared.

—Tengo que parar. No tengo preservativos.

—No pasa nada.

Él levantó la cabeza para mirarla.

—¿Tomas la píldora?

Ella volvió a lamerse provocativamente los labios.

—Empecé a tomarla hace un par de meses para regular el ciclo, así que no hay ningún riesgo siempre que tú estés sano.

El alivio lo invadió junto a una nueva oleada de deseo.

—Estoy tan sano que debería ser dos personas.

Ella ahogó una risita.

—Ahora mismo solo te necesito a ti.

Él sonrió. Nunca había hablado con una mujer después de haberse desnudado. Tampoco había bromeado nunca con ninguna. Pero Colleen no era como las mujeres con las que había estado. Era tan diferente que Sage sintió un tirón en el pecho al pensarlo. Pero no era el momento para analizar nada. Era el momento de sentirlo todo.

–Y a mí me vas a tener, nena –le prometió, y se colocó encima de ella.

Por fin estaban piel contra piel. Sintió la suavidad de su cuerpo, la oscilación de sus pechos y cómo le acariciaba la pantorrilla con el pie. Las sensaciones se apoderaron de él, demasiado rápidas e intensas para poder contarlas. Pero no necesitaba hacerlo. No necesitaba otra cosa que hundirse en aquel cuerpo que lo esperaba con ansia.

Se echó hacia atrás y la miró desde arriba mientras le separaba las piernas. Le acarició el sexo con el dedo y sonrió cuando ella se retorció de agonía.

–Hazlo ya, Sage –lo acució con una temblorosa sonrisa y las piernas levantadas–. Si no te siento dentro de mí ahora mismo explotaré.

–Eso no puedo permitirlo –dijo él, y se introdujo en ella con una rápida y firme embestida.

–¡Sage! –separó la espalda del suelo y él, haciendo un esfuerzo sobrehumano, se quedó inmóvil hasta que ella ajustó el cuerpo a su tamaño y levantó las caderas para atraerlo hacia el fondo.

Entonces empezó a moverse, imprimiendo un ritmo frenético y acelerado a sus caderas que a ella no le costó seguir. Sus alientos se mezclaron, los besos y mordiscos se sucedieron y los dos juntos llevaron la tensión al límite. Las manos exploraban frenéticamente los cuerpos, las palabras susurradas resonaban en el silencio de la montaña y los suspiros, gemidos y jadeos se fundían en una música erótica.

Sage se sentía rodeado y engullido por ella, y nunca había experimentado nada semejante. Su cuerpo lo envolvía y recibía, y sus manos dejaban regueros de fuego allí donde lo tocaba.

Los gemidos se hicieron más y más apremiantes, buscando desesperadamente el clímax y a la vez intentando prolongar el momento. Ella lo rodeó con sus increíbles piernas y gritó su nombre cuando la primera oleada de temblores la recorrió. Sage atrapó su boca en un beso voraz que ahogó sus gritos y le arrebató el aliento, fundiéndose con ella de todos los modos posibles.

Y finalmente se dejó arrastrar por la ola de placer, abandonó el control y se lanzó al éxtasis para sentir los brazos de Colleen amortiguando su caída.

Colleen no quería moverse. Nunca más. Con gusto se quedaría allí para siempre, sobre el suelo duro y frío y con el fuerte cuerpo de Sage cubriéndola. Se sentía más viva que nunca. Como si todo su cuerpo hubiera despertado de un sueño profundo. Poco a poco el corazón volvía a su ritmo normal mientras una parte de su mente intentaba cuantificar lo ocurrido y explicar lo inexplicable.

No era virgen. Había tenido dos experiencias sexuales, no más, pero no podían compararse a lo que acababa de experimentar.

De hecho, poco tiempo antes había decidido que no era una mujer muy sexual. Tal vez una de esas personas que nunca veían fuegos artificiales ni sentían explosiones demoledoras.

Una teoría que acababa de ser convenientemente rebatida...

Sage se apoyó en un codo, y Colleen echó en falta tenerlo sobre ella.

–¿Estás bien?

–Estoy genial –respondió con un suspiro–. ¿Y tú?

Él se rio.

–También. Vamos. Este suelo no es muy cómodo.

–Prefiero esperar a que las piernas me respondan, gracias.

Él meneó la cabeza y le sonrió.

–Creo que es lo más bonito que una mujer me ha dicho en mi vida.

Y había estado con muchas mujeres, pensó Colleen con pesar. Mujeres sofisticadas, altas y delgadas con pies minúsculos... Al pensarlo se enfriaron los rescoldos de la pasión apenas vivida y se incorporó para recoger su ropa.

–¿Qué te parece la cabaña? –le preguntó Sage mientras se vestía también él.

–Me gusta. Bueno, salvo la barandilla –puso una mueca–. Ni siquiera te he dado las gracias por evitar que cayera.

–Creo que los dos nos hemos mostrado muy agradecidos...

La había salvado pero no podía aceptar su gratitud. Como si manteniendo la distancia emocional pudiera aislar lo que acababa de ocurrir. Aquella actitud fue como un chorro de agua fría sobre sus fantasías románticas.

–Yo, en cambio, estoy encantado con esa barandilla –dijo él mientras se abrochaba los vaqueros–. Si no se hubiera partido...

Ella se estremeció al recordar el precipicio, el momento de pánico al pensar que iba a caer, la sensación de Sage agarrándola, tirando de ella y...

–Eh, Colleen. ¿Estás bien?

–Estoy mejor que bien –le aseguró, intentando ocultar el temblor de su voz. No estaba bien. Estaba sumida en la confusión y el temor. Porque acababa de darse cuenta de que si bien la caída por el barranco podría haberle destrozado los huesos... el sexo con Sage Lassiter podría romperle el corazón.

Capítulo Nueve

Sage frunció el ceño.

–Nunca dejas de sorprenderme.

–¿Y eso es malo?

–Todavía no lo sé –la miró como si intentara leerle la mente y el corazón, y Colleen deseó fervientemente que no pudiera. Porque si lo hacía vería demasiadas cosas.

Él se giró bruscamente hacia la ventana.

–Tenemos que irnos. Está nevando.

–¿Nevando?

–A mayor altura mayor probabilidad de que nieve, incluso en primavera.

Colleen vio que, en efecto, grandes copos blancos caían de un cielo nublado. Una hora antes estaba despejado, pero el tiempo en Wyoming era siempre impredecible. Lo primero que su madre y ella aprendieron al llegar desde California fue que si no les gustaba el tiempo bastaba con esperar cinco minutos. Aquella ligera nevada podía cesar al poco rato… o ser el preludio de una tormenta. No había modo de saberlo.

Caminaron hasta el coche en silencio, y tampoco hablaron durante el trayecto de vuelta por la serpenteante carretera. A Colleen se le amontonaban los pensamientos y las dudas. Se preguntaba si Sage se arrepentía de lo sucedido o si pensaba fingir que no había sucedido nada. Quizá lo mejor sería que ella también lo fingiera. De hecho, le costaría creerlo si el cuerpo no siguiera vibrándole por las sensaciones.

Sage se había encerrado en sí mismo, cuando unos minutos antes todo había sido maravilloso entre ellos. Era como si ya hubiese pasado página. No quedaba el menor atisbo de complicidad entre ellos, ningún resto de intimidad.

Tan solo la nieve y el silencio.

A la mañana siguiente Sage estaba convencido de haber reaccionado exageradamente a lo sucedido el día anterior.

El largo camino de vuelta desde la cabaña había transcurrido en un silencio lleno de tensión. Sabía que Colleen esperaba que dijera algo, pero ¿qué podía decir? La había poseído en el sucio suelo de una cabaña de una manera tan violentamente que seguro que le había dejado magulladuras. No soportaba haber perdido el control.

La tormenta amainó al poco tiempo de volver al rancho, dejando algunos charcos de nieve derretida y un poco de fresco en el aire. Sage necesitaba tiempo y espacio para ordenar sus pensamientos, de modo que cenó temprano, le enseñó a Colleen una habitación lo más lejos posible de la suya y le dio las buenas noches.

Había visto la sorpresa en sus ojos cuando se marchó, pero había tenido que hacerlo. Si se hubiera quedado con ella un minuto más habría encontrado cualquier modo para llevársela a la cama. Y no quería perder el control dos veces en un mismo día.

Lo peor era que se sentía más nervioso e incómodo que antes. Era como si la tensión, una vez liberada, se hubiera vuelto a concentrar en su interior. No sentía el menor alivio. Solo más ansia e impaciencia. El orgasmo que había tenido con Colleen lo había subido a unas cotas de placer que nunca había imaginado… y el instinto lo acuciaba a volver.

Hasta ese momento siempre que se acostaba con una mujer saciaba su deseo. Pero con Colleen sucedía al contrario. La deseaba cada vez más, sobre todo porque ya sabía lo que se sentía al tenerla. Después de haberla abandonado en su habitación los ojos de Colleen habían reflejado su sorpresa y algo más… Dolor, tal vez. Pero él había dejado sola por su propio bien.

Todo en ella era diferente. Su carácter abierto, su honestidad, su inocencia. El brillo permanente en sus ojos. Su risa. Su altruismo y generosidad… A Sage le gustaba cada vez más, y eso no había sido parte del plan.

Tras dejarla en la habitación se había volcado durante varias horas en el papeleo, mensajes y contratos que tenía pendientes. También investigó a Jack Reed en busca de información relevante, pero no encontró nada. Si Reed estaba realmente interesado en Lassiter Media la situación sería aún más complicada.

No fue hasta bien entrada la madrugada cuando finalmente cerró los libros y subió a habitación. Pero era imposible dormir sabiendo que Colleen estaba al final del pasillo, y se pasó la noche reviviendo los momentos que había pasado con ella en la cabaña. Cada vez que cerraba los ojos, aunque solo fuera un segundo, veía su rostro delante de él. Y si hubiera podido dormir seguro que habría soñado con ella. Con su olor, su calor y sus largas piernas rodeándolo.

Al amanecer desistió de poder descansar y se fue al trabajo. En un rancho siempre había trabajo por hacer hasta caer rendido.

–Soy patético –asqueado consigo mismo, arrojó el martillo y los clavos al cubo que tenía al lado y se sentó sobre los talones para mirar el cielo. La vista desde el tejado del establo era impresionante, pero solo podía pensar en Colleen, tendida debajo de él en el suelo de una vieja y sucia cabaña.

«Menuda seducción, Sage». Se había saltado todos los pasos románticos para conseguir que desvelase sus secretos. Pero se había olvidado por completo de seducirla. Solo quería poseerla y ser parte de ella.

Y quería volver a hacerlo.

Miró hacia el rancho, su hogar, los hombres que trabajaban para él, su perro durmiendo a la sombra… El cielo era de aquel intenso color azul que solo se encontraba en las montañas. La brisa agitaba las ramas de los árboles. En el corral, dos vaqueros adiestraban a una potra.

Sonrió y agradeció la distracción. Aquella potra se convertiría en una campeona. Ya era más rápida que la mayoría de los caballos del rancho y parecía gustarle ganar. Sonriendo, bajó del tejado por la escalera de mano.

–¿Qué estabas haciendo ahí arriba?

Se quedó completamente rígido nada más poner un pie en tierra, embobado por el sonido de aquella voz que lo envolvía de calor. No se podía creer que Colleen se hubiera quedado después de lo sucedido el día anterior, pero se alegraba de tenerla allí. ¿Qué demonios le estaba ocurriendo? La idea que tenía de ella había cambiado por completo. Sabía que era una persona íntegra y honesta, incapaz de engañar a un viejo enfermo. No había intentado seducir a J.D. para que le dejase una fortuna. Ni siquiera se le pasaría por la cabeza hacer algo así.

Colleen estaba a medio metro de la escalera, observándolo, y a Sage le extrañó que no la hubiese oído acercarse. Estaba tan absorto pensando en ella que no prestaba atención a su alrededor. Sí, definitivamente su plan de seducción dejaba mucho que desear…

–Estaba asegurando las tejas sueltas –dejó el cubo en el suelo y se irguió para mirarla… y al instante sintió aquella punzada familiar e imposible de ignorar.

Había evitado deliberadamente encontrarse con ella en el desayuno. Se había tomado un rápido café y una de las famosas magdalenas de su ama de llaves y había salido antes de que ella apareciera.

–El viento sopló con fuerza anoche, y algunas tejas estaban a punto de caer.

Ella alzó la mirada hacia el tejado, entornando los ojos contra la luz del sol.

–¿Te encargas tú mismo de hacer los arreglos?

–A veces –se cargó la escalera en el hombro y echó a andar hacia el cobertizo–. ¿Por qué te sorprende tanto? Es mi rancho.

El perro se despertó y se estiró perezosamente antes de trotar hacia Colleen. Ella se arrodilló y le acarició la cabeza, y Sage sintió envidia del perro.

–Qué ricura… Pero no entiendo su nombre.

Sage no pudo evitar reírse.

–¿Vuelvo?

Ella le rascó las orejas y se levantó.

–Sí, ¿qué clase de nombre es ese?

–Cuando era un cachorro siempre estaba escapándose al bosque, pero siempre volvía. Uno de los vaqueros dijo que le recordaba a una famosa frase en una película: «Volveré».

Colleen soltó una carcajada deliciosa y Sage sintió que se le encogía el corazón.

–Vuelvo. Me gusta –el perro echó a correr tras uno de los vaqueros–. Siempre quise tener un perro. Y lo tendré en cuanto encuentre mi casa.

–¿No vas a quedarte con la cabaña de Jackson?

Ella lo miró con un destello en los ojos.

–Todavía no lo sé… A lo mejor.

Sage asintió y siguió andando hacia el cobertizo, seguido por Colleen, quien no dejaba de hablar.

–En cuanto a lo de reparar tú mismo los tejados… No sé, pensaba que de esas cosas se encargaban los hombres que trabajan para ti –hizo un gesto que abarcaba el rancho y la media docena de hombres ocupados en sus tareas.

–J.D. siempre decía: «No temas hacer tú mismo el trabajo. La gente te respetará por ello».

Frunció el ceño con extrañeza. No tenía costumbre de citar a su padre, pero desde su muerte pensaba con frecuencia en él.

–Así que guardas buenos recuerdos de J.D.

–No he dicho que fueran buenos –masculló él, entrando en el cobertizo–. Tan solo recuerdos.

Dentro estaba oscuro y hacía frío. Las paredes estaban llenas de ganchos de los que colgaban toda clase de herramientas. Había un gran mesa de trabajo con cajones y un montón de palas y quitanieves.

Era extremadamente difícil controlarse con ella tan cerca de él. El deseo no le dejaba pensar con claridad. Si quería actuar con cautela necesitaba poner urgentemente distancia entre ellos.

–No creo que yo vaya a necesitar tantas cosas –comentó ella, mirando a su alrededor.

–Al contrario –le advirtió él, y aprovechó la ocasión para intentar sembrarle más dudas–. Las palas, picos y quitanieves son fundamentales. Y por cierto, tu viejo todoterreno no te servirá de mucho allí arriba.

–¿Qué? –lo miró perpleja–. ¿Por qué no?

–Para empezar, es demasiado pequeño. Te hará falta una camioneta.

–¿Para qué iba a necesitar una camioneta? Mi todoterreno es perfecto para la nieve.

–La distancia entre los ejes es demasiado corta. Podría volcar con facilidad. Y en una carretera de montaña con fuerte viento… –ella se estremeció, tal y como él pretendía–. Además, necesitarás una camioneta para transportar la basura al vertedero. El servicio de recogida no llega tan lejos.

Ella se mordió el labio y él sintió una mezcla de culpa y satisfacción.

–¿Dónde está el vertedero?

–Te lo enseñaré –en cuanto oliera el hedor del vertedero se le quitarían las ganas de ir allí cada semana.

–Está bien…

–Tampoco sube el cartero. Tendrás que bajar a la ciudad a recoger el correo.

Ella suspiró.

–No pensaba que fuera a ser tan complicado –se giró sobre sí misma, mirando las herramientas como si intentara adivinar su uso–. Lo único que quiero es vivir en la montaña y estar cerca de mis pacientes.

–Casi todo es complicado –repuso él mientras vaciaba el cubo. Guardó el martillo, los clavos y las tejas sobrantes y al girarse encontró a Colleen mirándolo con una radiante sonrisa–. Y cuando estés allí arriba, sola, tendrás que ocuparte de muchas cosas que… ¿Por qué sonríes?

–Por ti –se encogió de hombros–. Es curioso, pero nunca te hubiera imaginado como un manitas.

–Sí, bueno… –cerró el cajón y dejó el cubo en un rincón–. J.D. nos hacía trabajar a Dylan y a mí en el Big Blue cuando éramos niños. Los dos teníamos una lista de tareas que harían temblar a un hombre adulto. Trabajábamos con el ganado y los caballos, aprendimos a reparar motores y a arreglar los tejados –se apoyó en la mesa y se cruzó de brazos–. J.D. decía que teníamos que conocer el lugar en el que vivíamos y familiarizarnos con todo de manera que nunca tuviéramos que depender de nadie. Durante la escuela nos ocupábamos de estudiar, pero durante el verano trabajábamos en el rancho.

–Debió de ser muy duro.

–Lo fue –admitió él. Hacía mucho que no pensaba en esos años. De niños, su hermano y él odiaban trabajar en el rancho. Pero habían aprendido mucho. Y si bien Dylan no había sacado mucho provecho de lo aprendido en su próspera carrera como empresario en Lassiter Grill Group, a Sage la experiencia lo había ayudado enormemente a construir y dirigir con gran eficiencia su propio rancho. Tenía que reconocer, a su pesar, que ser hijo de J.D. Lassiter lo había preparado para la vida que siempre había querido tener.

Todos esos calurosos veranos entrenando caballos, careando el ganado, sudando en los establos, limpiando la casa… Su hermano y él habían formado parte del personal del rancho. Los otros vaqueros los aceptaban como iguales, no como los hijos adoptivos del jefe. J.D. los había integrado por completo en la vida del rancho, y les había dado un hogar y unas raíces para reemplazar las que habían perdido.

–Viejo zorro… –murmuró sin poder evitar una punzada de admiración hacia el padre con el que siempre había estado resentido.

–Sí que lo era, ¿verdad?

Sage se puso rígido al ver su benévola sonrisa. Pero Colleen no sospechaba el cambio que se había producido en él y siguió hablando como si nada.

–Me reía mucho con él. En los últimos meses apenas podía levantarse de la cama, pero siempre conseguía que los demás se plegaran a sus deseos. Dirigía el rancho desde la cama o desde el sillón, y a mí hasta me convenció para que lo acompañara a la cena de ensayo… a pesar de que yo sabía que no se encontraba bien para salir.

–No fue culpa tuya.

–¿No? Yo era su enfermera. Tenía que cuidar de él, no permitirle hacer algo que era peligroso –se apartó el pelo de la cara y Sage recordó la sensación de sus manos en aquella melena espesa y suave.

–J.D. siempre se salía con la suya. No debes sentirte culpable.

–Era un hombre encantador –susurró ella–. Duro, pero justo. Severo, pero quería a su familia. A todos vosotros. Siempre estaba hablando de sus hijos…

–¿Sí?

Ella se acercó a él y acarició el borde de la mesa con los dedos.

–Estaba tan orgulloso del trabajo que había hecho Dylan en el restaurante… Y de Angie… –se interrumpió bruscamente, como si hubiera recordado que el testamento de J.D. desmentía aquella última declaración–. Y de ti… –continuó, acercándose más hasta envolverlo con su fragancia. Los ojos le brillaban de inocencia y placer, como si realmente disfrutara de compartir todo aquello con él–. Se enorgullecía de lo que habías construido. Me contó mil veces cómo conseguiste tu primer millón mientras estabas en la universidad y cómo sufrió para convencerte de que siguieras estudiando cuando lo que tú querías era construir tu propio rancho.

La visión se le nubló, y el aire cargado de sensualidad que los rodeaba se transformó en un infierno que solo a él parecía afectarlo. Los recuerdos, la furia, el resentimiento albergados durante años resurgieron con una fuerza demoledora y a duras penas pudo contenerlos para que no estallaran y lo arrasaran todo.

La voz de Colleen era un murmullo débil y lejano, pero a pesar de su turbación interna Sage podía ver que ella creía haberse marcado un tanto. Que había conseguido hacerle ver que su padre era el hombre bueno, considerado y generoso que ella creía. Que había encontrado una manera de superar las viejas heridas y rencores. Pero lo único que había hecho era reavivar las ascuas que habían permanecido incandescentes durante años.

Respiró hondo e interrumpió a Colleen.

–Sí, estaba orgulloso. Muy orgulloso… Pero no era el viejo frágil y bondadoso que tú crees.

–¿De qué estás hablando?

Sage miró hacia la puerta abierta del cobertizo. El sol iluminaba el rancho, haciendo que el interior pareciera más frío y oscuro. Pero por nada del mundo se arriesgaría a que alguien más oyese aquella conversación. Cerró la puerta con fuerza y echó el cerrojo. Solo entonces volvió a encarar a Colleen y vio que lo miraba con cautela.

–Conociste a J.D. cuando estaba viejo, enfermo y cansado, y buscaba el camino más rápido al Cielo –experimentó una pequeña satisfacción al ver su expresión de asombro–. Yo lo conocía desde mucho antes y te aseguro que no era un encanto. Era un tirano sabelotodo y arrogante…

–¿No te recuerda a alguien? –preguntó ella con una ceja arqueada.

Él soltó un bufido.

–Está bien, puede que yo copiara algunos de sus peores rasgos, pero yo nunca… –las palabras se le atascaron en la garganta. No había hablado de eso con nadie aparte de J.D. Ni siquiera con Dylan o Angie–. Has dicho que quería que siguiera estudiando… Entonces también te diría que me convenció para que fuera a la universidad.

–Sí.

–Pues tenía una memoria muy selectiva, porque él jamás me convenció para que hiciera nada. Lo que hizo fue manipularme hasta salirse con la suya. Igual que hizo con todo en su vida.

–¿A qué te refieres con que te manipuló?

Lo último que Sage quería era ahogarse en los recuerdos resurgidos de los rincones más oscuros de su corazón. Pero ya era demasiado tarde para intentar reprimirlos.

–A diferencia de J.D., yo nunca pretendí saber lo que cualquier otro debería hacer con su vida. Nunca me entrometí en los asuntos de los demás ni le quité nada a nadie solo porque pudiera hacerlo.

–¿De qué estás hablando?

–Estaba en mi segundo año de universidad. Tenía veinte años y creía saberlo todo –se pasó una mano por el pelo y levantó la mirada hacia la claraboya.

–¿Qué pasó? –la preocupación que expresaba su voz era tan real como el tacto de su mano en el brazo. El calor que se le propagó por la piel, sin embargo, no bastó para contrarrestar la ola de negro resentimiento.

–¿Que qué pasó? J.D. fue lo que pasó. Una noche fui a casa y le dije que pensaba dejar los estudios.

–¿Por qué?

–Estaba enamorado. O al menos creía estarlo. Le dije a J.D. que iba a casarme y a construir mi rancho.

–¿Y él qué dijo? –le preguntó ella.

Sage soltó una amarga carcajada.

–Me dijo solo cosas reconfortantes. Dijo que me ayudaría a conseguir la herencia que me habían dejado mis padres. No era gran cosa, pero me serviría para empezar.

–Eso es bueno, ¿no? J.D. dijo que te ayudaría.

–Sí, y al día siguiente, cuando fui a la residencia de

mi novia, su compañera de habitación me dijo que se había marchado y que no volvería –el recuerdo de aquella lejana traición le siguiera doliendo.

–¿Por qué se marchó?

Él arqueó una ceja, invitándola a deducirlo por sí misma. Pero ella no dijo nada.

–Me dejó una nota, diciéndome que se había divertido mucho conmigo pero que se iba a París a pintar. Y tampoco le importó delatar a J.D., porque me dijo que la había pagado doscientos mil dólares para que se fuera.

Colleen lo miró fijamente, y por primera vez en su vida no supo qué decir. El J.D. del que Sage hablaba no era el hombre que ella había conocido. ¿Cómo podía alguien causarle un sufrimiento semejante a su hijo?

–Lo llamé enseguida y él se puso furioso porque Megan me lo hubiera contado –soltó otra amarga risotada–. No veía nada malo en lo que había hecho, naturalmente; solo le enfurecía que yo lo hubiese descubierto. Me dijo que lo había hecho por mi bien. Que Megan no era la clase de mujer que me convenía…

Colleen abrió la boca, pero él no le dio tiempo para hablar.

–No hace falta que lo digas. Sí, J.D. tenía razón sobre Megan. Si de verdad me hubiera amado no habría aceptado el dinero. Pero él tendría que haber dejado que lo descubriera por mí mismo, no meterse en medio como siempre hacía para que el mundo girase en torno a él.

Colleen jamás hubiera hecho lo mismo. Se habría quedado con él y lo habría ayudado a construir su rancho, un legado para sus futuros hijos y…

Se le cerró la garganta y los ojos se le llenaron de lágrimas. ¿Qué demonios…?

Estaba enamorada.

Por primera vez en su vida estaba locamente, perdidamente, desesperadamente enamorada de un hombre que seguramente nunca sintiera lo mismo por ella. Si no hubiera tenido la mesa detrás se habría caído de espaldas por la conmoción. ¿Cómo podía amar a un hombre que rechazaba por sistema el amor y la familia? Un hombre para el que amar equivalía a traicionar…

Sage seguía hablando y ella se obligó a escucharlo. No tenía que confesarle sus sentimientos ni el dolor que le desgarraba el corazón. Lo único que Sage necesitaba era superar el sufrimiento de su pasado.

–J.D. era un canalla. Fin de la historia.

No soportaba ver a Sage aferrándose a las viejas heridas y negándose a avanzar y comprender que su padre no lo había tratado tan mal porque no lo hubiese querido.

Se acercó y le puso una mano en el pecho.

–Lo que hizo fue terrible, es cierto. Pero lo hizo porque te quería.

–Pues vaya modo de demostrarlo –murmuró él–. Me traicionó, y también lo hizo Megan, aunque ella a la larga me hizo un favor.

–Y también J.D.

Sage resopló.

–No sé si estoy listo para darle las gracias, pero al mirar atrás puedo ver que confundí el deseo con el amor, y supongo que J.D. lo vio con mucha más claridad que yo –Colleen vio que su expresión se suavizaba al dejar atrás el pasado–. Si no se hubiera metido en medio, muy posiblemente ahora yo no estaría aquí, ante la mujer que me hace arder con una simple mirada.

Colleen sintió que todo su cuerpo prendía con una llamarada explosiva. Lo miró a los ojos y supo que aunque él no la amara sí que la deseaba de igual modo.

–Ya está bien de hablar de J.D. por ahora, Colleen –colocó las manos en la mesa, sujetándola entre los brazos–. He intentado alejarme de ti…

–Lo sé. ¿Por qué?

–Porque te deseo demasiado. No dejo de pensar en ti. Te llevo en la sangre, Colleen.

–Y yo a ti en la mía –susurró ella, tomándole la cara entre las manos. Se quedó muy quieto mientras ella se ponía de puntillas y lo besaba.

El roce de sus labios fue una bendición que despedía el pasado y daba la bienvenida al presente… y tal vez al futuro.

Sage se volcó por entero en el beso, sin reservas ni dudas, rodeándola con sus brazos. Y Colleen se abandonó de igual manera al momento. Pero cuando el beso empezaba a descontrolarse Sage se apartó bruscamente y la miró.

–No vamos a hacerlo en una vieja cabaña y luego en un cobertizo donde cualquiera de mis trabajadores podría vernos por la ventana.

Ella se puso colorada, se rio y enterró brevemente la cara contra su pecho.

–Hoy vamos a hacerlo de verdad. Ven conmigo.

La tomó de la mano y la sacó del cobertizo para llevarla hacia la casa, y lo único que Colleen pudo pensar fue que con él iría a cualquier parte.

Capítulo Diez

Al despertar se encontró sola en la cama del dormitorio principal.

Suspiró y se estiró perezosamente. Los recuerdos de la noche anterior se arremolinaban en su cabeza, y los restos de la pasión le subían por las venas como burbujas de champán. Solo había dormido un par de horas, pero nunca se había sentido más despierta.

¿Quién hubiera imaginado que el amor pudiera agudizar tanto los sentidos? ¿Cómo podía sentirse tan agradecida y a la vez tan desgraciada con los sentimientos que la abrumaban? No podía quedarse. Amaba a Sage, pero era un amor no correspondido. Y entre ellos nunca existiría ese vínculo mágico que se leía en las historias de amor.

Pero no quería marcharse... Por las cristaleras se veían las copas de los pinos recortadas contra un cielo gris plomizo. Parecía que se avecinaba otra tormenta y Colleen pensó que debería marcharse antes de que llegara. Solo necesitaba el coraje para moverse. Estaba enamorada y él no lo estaba. De hecho, Sage saldría huyendo presa del pánico si supiera lo que ella sentía por él. Pero cuando pensaba en la ternura y la pasión que los envolvía al hacer el amor le costaba no fantasear con ser correspondida algún día.

–Eres una idiota, Colleen –murmuró, colocándose

la almohada sobre la cara–. El sexo no es amor. Sage no siente nada especial por ti. Simplemente es un buen amante.

Intentó ahogar su voz apretando la almohada con el brazo. Estaba en serios apuros. Enamorarse era inevitable, pero tenía que hacer algo. Mantener la boca cerrada, eso por descontado. Y salir de allí lo más rápido posible. Porque cuanto más se quedara más difícil sería escapar.

El teléfono móvil le empezó a sonar, y Colleen se levantó de la cama para recoger los vaqueros del suelo y sacar el móvil del bolsillo. Puso una mueca al ver quién la llamaba.

–Hola, mamá.

–Hola, cariño. ¿Cómo estas?

–Muy bien –buscó a su alrededor algo que ponerse. No podía quedarse desnuda mientras hablaba con su madre. Agarró una sábana de la cama y se envolvió con ella.

–¿Has encontrado ya una casa? –le preguntó Laura alegremente.

–Creo que sí –respondió ella con una triste sonrisa al recordar la cabaña–. Pero sigo buscando.

Le encantaba aquella cabaña y estaba convencida de que sería perfecta para ella, pero ¿cómo podría vivir rodeada de recuerdos cuando Sage y ella ya no estuvieran juntos? ¿Cómo podría enfrentarse día a día a lo que habían hecho?

–Es fantástico, cariño. Y Sage es muy amable por dedicarte su tiempo.

–Sí, muy amable –y mucho más.

–Ya sé que es muy temprano para llamarte, pero

quería decirte que tu tía Donna va a venir la semana que viene.

—Genial —le mandó un agradecimiento a J.D. por hacer aquello posible. Aunque ella se encontrara al borde de la desesperación, al menos su madre estaba disfrutando como nunca.

—Vamos a planear juntas nuestro viaje y a sacarnos las fotos para el pasaporte —Laura siguió contándole sus planes, desbordada de entusiasmo. Colleen no recordaba haberla oído reírse tanto en años—. Estás muy callada —le dijo cuando se calmó un poco.

—¿Qué? —se reprendió por no haber prestado más atención. Su madre siempre adivinaba cuando le pasaba algo.

—No te esfuerces en ocultarlo, pequeña. Suéltalo de una vez.

Colleen se sentó en el borde de la cama y tomó aire antes de hablar.

—La he fastidiado.

—Imposible.

La confianza de su madre la hizo reír y animarse un poco.

—Gracias, mamá.

—Cuéntame qué ha pasado, cielo.

—Estoy enamorada de un hombre al que yo le gusto para nada.

—Pero eso es maravilloso —exclamó Laura.

Colleen sacudió la cabeza y se apartó el pelo de la cara.

—Creo que no me has entendido, mamá. Le gusto, pero no me quiere.

—Lo hará. ¿Cómo no va a acabar enamorándose de ti?

«Que Dios bendiga a las madres», pensó Colleen con una triste sonrisa. Por mucho que su madre la apoyara y creyese en ella, no podía entender cómo se sentía en esos momentos.

Lo de sus padres había sido amor a primera vista. Se casaron un mes después de conocerse y habían seguido profundamente enamorados hasta que el padre de Colleen murió.

—No es tan fácil —sobre todo cuando el recuerdo de una traición le impedía a Sage creer en los sentimientos.

—¿Quién ha dicho que sea fácil? Es verdad que para tu padre y para mí fue muy fácil. Pero a Sage le gustas. Y de ahí al amor no hay mucha distancia.

Fuera empezaba a llover. En pocos días habían tenido sol, lluvia y nieve. Colleen se estremeció y se preguntó si la tormenta sería un presagio, pero se sacó rápidamente esas ideas de la cabeza.

—¿Le has dicho cómo te sientes?

—Claro que no —se horrorizaba solo de pensarlo. Al menos conservaría un poco de dignidad—. No puedo decirle eso. Me moriría de vergüenza. Sería terriblemente humillante.

—O tremendamente liberador —replicó su madre—. Lo único que te juegas es un poco de orgullo. Y te aseguro, cariño, que el amor vale más que cualquier otra cosa.

Las palabras de su madre siguieron resonando en su cabeza minutos después de haber colgado. ¿Tendría razón? ¿Debería decirle a Sage lo que sentía? ¿O proteger su corazón antes de perderlo definitivamente y volver a la realidad?

**

Una hora más tarde estaba vestida y tomando un café en la cocina. Su propósito era hacer la maleta y marcharse en cuanto hubiese hablado con Sage. El problema era que no sabía muy bien qué decirle, y confiaba en que la cafeína la ayudara a pensar con claridad. Cuando oyó la voz de Sage la siguió sin pensar. Recorrió sigilosamente el largo y oscuro pasillo, llamó suavemente a la puerta de su estudio y entró.

Sage estaba sentado tras su mesa, hablando por teléfono y de espaldas a ella, mirando la tormenta a través de la ventana. El cuerpo de Colleen reaccionó con una descarga de adrenalina al oír su voz, pero antes de poder retirarse y dejarle intimidad oyó lo que estaba diciendo y se quedó paralizada.

–Dylan –parecía cansado e impaciente–, salir con Colleen era el único modo de averiguar lo que se proponía J.D. antes de morir.

A Colleen se le detuvo el corazón. Buscó a tientas el pomo de la puerta y se aferró con todas sus fuerzas.

–Era la que más cerca estuvo del viejo, y es muy posible que sepa algo de lo que ni siquiera es consciente –continuó Sage.

Colleen sintió náuseas. El corazón volvió a latirle, pero de manera lenta y pesada, como una película a cámara lenta. Una bola de hielo se le formó en la boca del estómago y el frío se le propagó por todo el cuerpo.

Tenía que marcharse de allí. Darse la vuelta y salir corriendo. Subirse al coche y dejar atrás el rancho y la montaña. Pero no podía moverse. Era como tuviese los pies clavados al suelo. Quería ser sorda para no tener que escuchar más. No haber bajado a la cocina. No haber ido nunca al rancho.

Sage meneó la cabeza y se rio por algo que su hermano estaba diciendo.

–Te equivocas, Dylan. Te aseguro que no voy a intimar con Colleen más de la cuenta. Nunca lo hago. Además, no se trata de lo que yo quiera, sino de lo que quiero descubrir.

¿Se le escapó un ruidito? Seguramente. Un gemido ahogado. Un pequeño suspiro. Era lógico. ¿Cómo podía su cuerpo contener tanto dolor sin permitirle una vía de escape? Fuera cual fuera el sonido, él lo oyó y se giró lentamente en la silla.

–Colleen.

Fue la expresión de sus ojos lo que finalmente la liberó de la conmoción. De la sorpresa y de la culpa. Antes de que Sage colgara el auricular, ella ya se había marchado.

Sage salió corriendo del estudio, espoleado por el pánico y por el impulso de alcanzar a Colleen y… Ni siquiera sabía qué hacer.

–Maldita sea, Colleen, ¡espera! –la alcanzó en la puerta y puso una mano en la hoja para que ella no pudiese abrirla.

–Déjame –le dijo con la voz trabada por las lágrimas.

Sage sintió una punzada de dolor traspasándole el pecho. Ni el insulto más ofensivo podría hacerle justicia.

–Lo digo en serio, Sage. Déjame.

–Está lloviendo, Colleen. No puedes irte con este tiempo.

–Sé conducir con lluvia… y me voy de aquí.

–No puedo dejar que lo hagas… Lo que acabas de oír no era cierto –agachó la cabeza antes de encontrar la fuerza necesaria para mirarla a los ojos–. Solo estaba intentando quitarme a Dylan de encima, eso es todo.

–No –dijo ella con el gesto torcido–. Era cierto. Todo era cierto. Lo único que me sorprende es no haberme dado cuenta antes.

No soportaba ver sus preciosos ojos azules llenos de lágrimas, ni pensar que era él quien se las provocaba. Había que ser un canalla de la peor calaña para hacerle daño a una mujer que no se lo merecía, solo para cubrir su propio trasero y salvar su orgullo con su hermano.

–¿Qué otro motivo tendrías para estar con una mujer como yo? No me digas que no era cierto, Sage. No soy estúpida. Ahora abre la puerta y déjame salir.

–No quieres irte, ni yo quiero que te vayas –contempló sus preciosos rasgos, grabándose su rostro en la mente, y aspiró profundamente para que su fragancia le impregnara hasta la última célula del cuerpo.

Tendría que haber cerrado con llave la puerta del estudio. Así ella no lo habría oído y podrían haber seguido donde lo habían dejado la noche anterior. Pero la verdad era que le importaba un pimiento lo que le había dicho a su hermano. Simplemente no quería admitir, y mucho menos a Dylan, que… sentía algo por Colleen. Al principio tal vez la hubiera usado como medio para conseguir un fin, pero en algún momento las cosas habían cambiado. No sabía de qué manera. Solo sabía que no soportaba ver sufrir a Colleen por su culpa.

–¿Por qué buscabas mi compañía al principio, Sage? ¿Por qué querías pasar tanto tiempo conmigo?

–¿Por qué haces esto? –le preguntó él en vez de responder.

–No me queda otro remedio. Dime por qué, Sage.

No podía mentirle. La verdad le causaría más dolor y a él le desgarraría el corazón, pero Colleen la merecía.

–Ya sabes por qué –le respondió, mirándola fijamente a los ojos.

–Entonces es cierto…

–No es cierto ahora –replicó él. Dio un paso adelante, pero se detuvo cuando ella retrocedió–. Al principio no te conocía. J.D. había privado a mi hermana de lo que debería corresponderle y su enfermera privada era de repente millonaria.

Ella ahogó una exclamación de horror.

–¿De verdad creías que yo convencí a J.D. para que me dejara el dinero y perjudicase a tu hermana?

–¿Es que no lo entiendes? Nada tenía sentido. J.D. había traicionado a su hija. La única explicación era que tú estuvieras detrás de todo –era una explicación ridícula conociendo a Colleen, pero en su defensa debía alegar que J.D. ya había sobornado a otras mujeres–. ¿Tan extraño te resulta? Ya sabes lo que mi padre me hizo una vez. Me traicionó y… ahora está haciéndole lo mismo a Angie desde la maldita tumba.

Colleen sacudió la cabeza con pesar.

–Has permitido que una amarga experiencia determine toda tu vida, ¿no?

–¿Por qué no iba a hacerlo? Aprendí bien la lección.

Los carnosos labios de Colleen se curvaron en un atisbo de sonrisa, casi imposible de ver.

–Sage… Lo que no aprendiste fue que J.D. no lo hizo para hacerte daño, sino para protegerte. Es lo que hacemos por nuestros seres queridos.

–¿Protegerme? –no pudo evitar reírse. Colleen seguía tomando partido por J.D. a pesar de todo–. ¿Cómo? ¿Haciéndome dudar de mí mismo? ¿Asegurándose de que no volviera a confiar en nadie? Vaya forma de ayudar…

Ella lo miró sin ocultar su decepción.

–Tú elegiste ese camino, Sage. Tu padre no te obligó a recorrerlo –hablaba en voz tan baja que Sage tuvo que agudizar el oído para poder oírla por encima de los atronadores latidos de su corazón–. Lo que hizo fue intentar salvarte de una inevitable y amarga decepción –se apresuró a continuar para no darle tiempo a replicar–. Cometió errores, por supuesto. Todo el mundo los comete. Especialmente la gente que nos quiere.

Aquella mujer no dejaba de sorprenderlo. Siempre estaba buscando lo bueno de las personas… y lo había encontrado en J.D. A pesar de lo que el viejo le había hecho a Sage años atrás, se había esforzado por darles lo mejor a todos sus hijos. Tal vez fuera el momento de empezar a aceptarlo.

Pero no quería analizar los pensamientos y emociones desatados que se arremolinaban frenéticamente en su interior. Lo único que quería era estar con Colleen.

Y no podía tenerla.

Una garra invisible le atenazaba el corazón y los pulmones, dificultándole la respiración y el habla.

–¿No puedes ver que yo también he cometido un error? ¿Que me he equivocado contigo? ¿No puedes perdonarme y olvidarlo?

Ella sonrió tristemente.

–Puedo perdonarte, pero me marcho.

–¿Por qué?

–Porque te quiero, Sage. Y merezco algo mejor.

Sage se quedó aturdido y sin saber qué decir. ¿Ella lo quería? Lo quería… Y aun así se estaba marchando. Estaba abriendo la puerta y el ruido de la lluvia entraba en el vestíbulo. Lo quería… Las palabras resonaban una y otra vez en su cabeza, sacudiéndole el alma.

–Antes de irme, J.D. me dijo una cosa que deberías saber.

Él entornó la mirada.

–¿El qué?

–Dios… Incluso ahora te sigues preguntando si te he traicionado.

–No –lo negó rotundamente. Sabía que Colleen no sería capaz de traicionarlo. Era demasiado sincera para formar parte de un engaño. Y sabía que hablaba en serio cuando le dijo que lo amaba.

–J.D. estaba orgulloso de ti. Y lamentaba que no tuvierais una buena relación. Le dolía que sus hijos creyeran que no le importaban.

Sage deseaba fervientemente que Colleen le estuviese mintiendo. Porque si lo que decía era cierto, tanto él como J.D. habían desaprovechado la relación que podrían haber tenido.

–También me dijo que te dejó tu parte de Lassiter Media para que siempre recordaras que formas parte de la familia. Para que te dieras cuenta de que la familia y el amor es lo único que importa.

Diciendo aquello se marchó. Y Sage se quedó solo.

Pasaron dos semanas.

Sage no vio a Colleen ni habló con ella. En realidad no hizo casi nada. Durante la primera semana ni siquiera se preocupó por el rancho, ni por el precio de las acciones, ni por las llamadas y mensajes que recibía de todas las juntas directivas a las que pertenecía.

Solo podía pensar en Colleen y en las últimas palabras que le había dicho. Las mismas palabras que J.D. repetía cuando Sage era niño. La familia y el amor eran lo más importante.

El amor…

Sage no había sabido qué era el amor hasta que Colleen lo había amado. De joven había confundido el amor con el deseo, y había dejado que una mala elección lo influyera el resto de su vida. Se había cerrado a los sentimientos, en teoría para protegerse, pero lo que realmente hacía era esconderse.

Bien, pues ya no se escondería más. Por eso se había pasado la segunda semana poniendo su plan en marcha. Había mucho que hacer. Mucho que decir. Toda una vida por vivir.

Entró en el Big Blue, miró alrededor y, por primera vez en muchos años, no se encogió ante el aluvión de recuerdos. Finalmente había aceptado que su padre no era más que un hombre que cometía errores como cualquier otro. Y Dios sabía cuántos errores había cometido Sage. Sobre todo últimamente.

–¡Sage! ¿Qué haces aquí? –Angie bajó corriendo la escalera y se lanzó a los brazos de su hermano mayor–. Cuánto me alegro de verte… Y qué honor que te hayas dignado a salir de tu rancho.

–Sí, ya ves… Últimamente han cambiado muchas cosas –se preguntó cómo se tomaría lo que había ido a decirle. Hacerle daño a su hermana era lo último que quería, pero no sabía cómo evitarlo.

–No me digas –dijo ella con sarcasmo, sin duda pensando en el testamento.

Era la oportunidad perfecta para sacarle el tema. Ya habían hablado con anterioridad del testamento, pero entonces Sage aún no había tomado la decisión que se disponía a compartir con su hermana.

–Angie, no podemos impugnar el testamento.

–¿Qué? –exclamó–. ¿Por qué no?

Él le agarró las manos, miró a su alrededor y sintió en los hombros el peso de ser un Lassiter. Era el hijo de J.D. y tenía que empezar a comportarse como tal.

–Porque si lo hacemos y perdemos, mucha gente se verá afectada. Marlene. Chance… –Colleen, añadió en silencio.

–Pero dijiste que haríamos algo. Que encontraríamos una solución. Creía que estabas de mi parte…

A Sage se le encogió el corazón.

–Y lo estoy, cariño. Eres mi hermana y te quiero. Pero también sabes, todos sabemos, que tú eras la persona a quien J.D. más quería en el mundo –le tomó las manos entre las suyas–. Debía de tener un motivo para hacer lo que hizo, por absurdo que a nosotros nos pueda parecer. Tenemos que confiar en que hizo lo correcto.

–Para ti es muy fácil decirlo –se soltó y lo miró con resentimiento–. Papá no te castigó con la herencia.

–Lo sé, y también sé que J.D. tenía un motivo para redactar ese testamento. Solo tenemos que averiguar cuál era.

–¿Y eso qué cambiará? –preguntó Angie con los ojos llenos de lágrimas.

–Puede que nada, pero los dos sabemos que J.D. jamás haría nada que pudiera hacerte daño, así que debía de tener una razón. Vamos a confiar en que fuese una buena razón.

–No me lo creo –espetó ella. Estaba triste y dolida, pero sobre todo estaba furiosa. Y para Sage era más fácil tratar con una hermana furiosa.

–Angie, yo me pasé tantos años furioso con J.D. que desperdicié el tiempo que podría haber pasado con él –le apenaba pensar que las oportunidades perdidas no volverían–. Pero se acabó el resentimiento. Te quiero, Angie, pero no podrás contar conmigo si impugnas el testamento.

–Tú, Dylan y yo somos una familia –la cortó él–. Y el amor es todo lo que importa.

Ella soltó una risita ahogada.

–Hablas como papá.

–Ya era hora, ¿no crees?

A sus treinta y un años Colleen había desistido de encontrar el amor y se había concentrado en disfrutar de su trabajo y de la vida.

Pero el amor la había encontrado a ella. Había llegado cuando menos se lo esperaba. Y, pobre de ella, al fin sabía cómo era intentar vivir sin amor.

Las dos últimas semanas habían sido sencillamente horribles. Estaba harta de poner buena cara para su madre, pero tenía que hacerlo porque no quería preocuparla. Y era agotador asegurarle a Jenna que todo iría bien, porque su amiga insistía en subir a la montaña a darle una paliza a Sage. Lo peor era intentar mantenerse en pie con solo quince minutos de sueño cada noche.

No podía dormir y no podía comer. Había perdido tres kilos, por lo menos, y la idea de no volver a ver a Sage la sumía en una depresión. ¿Cómo era posible que su vida hubiera dado un vuelco tan radical en solo unas semanas?

Al mirar atrás tenía la respuesta. Había empezado a enamorarse de Sage desde que J.D. comenzó a hablarle de su hijo mayor. Y cuando lo vio en la cena de ensayo su perdición fue definitiva.

Sentada en la mesa de su cocina, firmaba los muchos documentos que le había enviado la agencia inmobiliaria. Había vendido el apartamento y oficialmente estaba sin casa. Aún tenía que completar su formación para obtener el título de enfermera, pero podía hacerlo casi todo *online*. Y no le importaría bajar en coche hasta Cheyenne para asistir a las clases necesarias. Estaba lista para el cambio y para empezar a vivir el resto de su vida.

Lo único que necesitaba era encontrar un sitio para vivir.

—Pobre niña rica... —murmuró mientras seguía garabateando su firma. Tres millones de dólares y sin casa. Tenía que empezar a buscar desde cero, porque no podía comprarse aquella cabaña. Era absolutamente impensable vivir allí, recordando la pasión que había compartido con Sage.

–No pasa nada –se convenció a sí misma–. Seguro que encuentro otro sitio. Hay muchas más cabañas y…

¿A quién intentaba engañar? Estaba sola. Sin su madre. Sin Jenna.

Podría llorar hasta quedarse sin lágrimas, pero ¿de qué le serviría? Ya habían pasado dos semanas. Sage se había olvidado de ella y lo mejor sería hacer lo mismo.

Asintió con vehemencia y volvió a meter en el sobre los papeles. Ya estaba hecho. Su casa estaba vendida y su nueva vida estaba a punto de empezar. Si tan solo pudiera alegrarse por ello…

El timbre de la puerta la hizo levantarse de un salto, ansiosa por recibir cualquier distracción que la sacara de su melancolía. Cualquier cosa que la ayudara a no pensar en Sage y en todo lo que podría haber vivido con él.

Abrió y la puerta y allí estaba. Por unos instantes no supo cómo reaccionar. Era como si se hubiera pasado tanto tiempo pensando en él que la mente hubiese conjurado su imagen. Pero aquella estúpida idea fue rechazada en cuanto Sage abrió la boca.

–Tenemos que hablar.

–No, de eso nada –Colleen negó con la cabeza e intentó cerrar la puerta, pero él se lo impidió con su bota–. No soy masoquista, Sage. Si no te importa te agradecería que te fueras. Si has venido a disculparte, gracias. Estás perdonado. Que te vaya bien y todo lo demás.

Rechazarlo era lo más difícil que podía hacer, pero ¿cómo iba a dejarlo entrar otra vez en su vida, aunque fuese temporalmente? Sería como echar sal sobre sus heridas.

–No he venido para disculparme –dijo él a través del hueco entre la puerta y la pared.

–¿No? Pues deberías.

–Acabas de perdonarme, ¿o no?

Ella frunció el ceño.

–Muy bien, pues ya está todo dicho. Vete.

–Vuelvo te echa de menos.

–Eso es un golpe bajo –Sage sabía lo mucho que a ella le gustaba su perro y cuánto deseaba tener uno.

–Yo te echo de menos.

–Echas de menos el sexo –replicó ella. Había dejado de construirse castillos en el aire. Que Sage estuviese allí no significaba que nada hubiera cambiado entre ellos.

–Eso también. ¿Tú no?

Ella lo miró a los ojos. Aquellos increíbles y penetrantes ojos azules.

–Sí.

–Y también me echas de menos a mí –dijo en tono suave.

Naturalmente que lo echaba de menos.

–Lo superaré –empujó la puerta con más fuerza, pero Sage era mucho más fuerte.

–No quiero que lo superes.

–Sage… –suspiró y se apoyó en la puerta–. Vete, por favor.

Él metió el brazo por el hueco y le cubrió la mano con la suya. El calor eléctrico la incitaba a escucharlo, a dejarlo entrar y a recordar lo bien que habían estado juntos. Pero los recuerdos no cambiarían nada.

–¿Para qué has venido? –apartó la mano, aunque lamentó perder el calor.

–Tengo que enseñarte algo. ¿Me acompañarías una vez más a la montaña?

–¿Por qué debería hacerlo?

–No hay ninguna razón por la que debas hacerlo –sacó el pie de la puerta–. Solo te lo estoy preguntando.

Si hubiera intentado convencerla con palabras bonitas podría haberse negado. Pero Sage estaba probando una nueva táctica. Y, sinceramente, ella estaba cansada de resistirse. Sabía que acabaría arrepintiéndose, pero en aquel momento lo más fácil era ceder.

El trayecto en coche fue tenso. Ninguno de los dos hablaba y Colleen no dejaba de hacerse preguntas: ¿por qué había ido a verla? ¿Adónde la llevaba?

Lo miró de reojo, pero su expresión era la misma de siempre. Estoico y concentrado en la carretera, lo cual debería ser un alivio en aquellas peligrosas curvas, pero a Colleen le hubiese gustado que la mirase y le diese alguna pista de su destino. Sage siguió conduciendo en silencio, y cuando pasó junto a la entrada de su rancho sin detenerse Colleen lo miró con extrañeza.

–Creía que íbamos a tu casa.

–No –respondió sin mirarla, poniendo toda su atención en la estrecha y tortuosa carretera que subía por la empinada ladera.

Entonces pensó que seguramente se dirigían hacia

la cabaña y el estómago le dio un vuelco. Pero ¿por qué la llevaba allí? Fue lo primero que le preguntó cuando Sage detuvo el coche al comienzo del camino.

–Como te dije en tu casa, hay algo que quiero enseñarte –le respondió al bajarse del todoterreno.

Le agarró de la mano, igual que hizo la primera vez, y la llevó hacia la cabaña. Pero todo parecía distinto. El camino estaba cubierto de grava, las flores recién plantadas brotaban en los parterres y los pinos que rodeaban la cabaña habían sido podados de manera que siguieran proporcionando sombra pero sin suponer una amenaza en caso de tormenta. Las paredes estaban pintadas de blanco con marcos azules alrededor de las ventanas. Había sillas nuevas en el porche, con cojines azules, y una barandilla de hierro había reemplazado la de madera podrida que se había partido en la última visita.

Todo era perfecto. Pero Colleen no podía comprarla.

–No puedo comprar esta cabaña, Sage. Te agradezco que la hayas arreglado para mí, pero…

–Ya no está en venta.

–¿Qué?

–La compré la semana pasada.

–¿Por qué? –estaba tan asombrada que casi no podía hablar.

–Entremos. Quiero decirte algunas cosas.

Ella caminó hacia la puerta y pasó la mano por la gruesa barandilla de hierro forjado.

–Mis hombres han estado poniendo la cabaña a punto esta semana, pero la barandilla la instalé yo mismo –la agarró de la mano–. Puedes apoyarte sin peligro, pero preferiría que no lo hicieras. No quiero arriesgarme a volver a perderte.

La emoción le desbocó el corazón. ¿Estaba diciéndole lo que ella pensaba? ¿Podía atreverse a creerlo? Su mente lógica intentó refrenar su lado emocional, pero fue inútil.

Él le sonrió y tiró de ella.

–Vamos.

Colleen lo siguió al interior y vio que también había sido reformado por completo. Los suelos de madera relucían bajo una capa de cera. Los tapetes y alfombras añadían toques de color. Había estanterías a cada lado de la cocina de leña y un agradable olor a limón impregnaba la estancia.

–Linda, mi ama de llaves, la ha limpiado a fondo –le explicó Sage–. Los chicos se encargaron de pintar.

–Ha quedado preciosa –dijo ella, deteniéndose ante él–. Pero no lo entiendo… ¿Por qué la has comprado?

–Para nosotros –respondió él simplemente. De pie frente a ella, con sus vaqueros negros, chaqueta negra de cuero y camisa blanca estaba más guapo que nunca–. La he comprado para nosotros, Colleen. Quería que tuviéramos este sitio para los dos solos y que siempre recordáramos que todo empezó aquí.

Santo Dios… El corazón le latía tan frenéticamente que no podía ni respirar. Pero no necesitaba el aire.. Solo necesitaba estar segura de que Sage hablaba en serio. Porque si había hecho todo aquello por los dos solo podía significar que la amaba.

Él se acercó y le puso sus fuertes manos en los hombros, llenándola de calor.

–Al fin he comprendido que malgasté el tiempo

que pude pasar con mi padre. Pero no voy a malgastar ni un minuto del tiempo que pueda pasar contigo.

–Sage…

–Dijiste que me querías –le recordó él con una sonrisa–. Espero que eso no haya cambiado, porque yo también te quiero, Colleen.

A Colleen se le llenaron los ojos de lágrimas y se le formó un nudo en la garganta. Aquello era todo lo que siempre había deseado. Más aún.

–Adoro tu forma de pensar, tu buen humor, tu corazón de oro… Adoro todo lo que eres.

–No me lo puedo creer –murmuró ella, preguntándose si se había quedado dormida en su apartamento y todo aquello no era más que un sueño.

–Créetelo –se inclinó para besarle la frente–. ¿Recuerdas lo que decía J.D.? La familia y el amor es lo único que importa.

–Lo recuerdo –Sage la miraba con ojos brillantes y llenos de emoción.

–Pues tú eres mi familia. Y mi amor por ti lo es todo –tiró de ella y le tomó el rostro entre las manos–. Cásate conmigo, Colleen. Tengamos nuestra propia familia. Hijos. Perros. Caballos. Lo tendremos si me dices que sí.

Quería decírselo. Era lo que más deseaba en la vida. Pero…

–Sigo queriendo sacarme el título de enfermera. Quiero dedicarme a curar pacientes en las montañas, como ya te dije.

Él le dedicó una sonrisa letal.

–No hay problema. Cuando tengas que salir por una emergencia yo me quedaré cuidando de los niños.

–Niños –repitió ella. Le encantaba cómo sonaba.

–Al menos cinco o seis.

Ella se echó a reír y sintió que todo volvía a ir bien.

–¿Te casarás conmigo, Colleen? –la besó en la punta de la nariz y luego en los labios–. Confía en mí, cariño. He aprendido a escuchar. Y ahora sé que aunque pudiera pasar el resto de mi vida solo, no quiero. Te quiero a ti. Te necesito a ti. A mi lado. Siempre.

–Es donde quiero estar, Sage –le aseguró ella, apretándose contra su pecho–. Te quiero… Y claro que me casaré contigo.

–Gracias a Dios –susurró él, y la besó en la habitación donde todo había empezado. El lugar al que muchos años después seguirían acudiendo para recordarlo todo y celebrar que el amor era lo único que importaba en el mundo.

Epílogo

La boda se celebró dos semanas más tarde. Colleen estaba sorprendida de la rapidez con la que se había organizado todo, pero Sage no había querido esperar, y francamente, tampoco ella. ¿Por qué esperar cuando al fin había encontrado al amor de su vida?

El rancho de Sage había sido engalanado para la ocasión, con flores por todas partes. Había una pista de baile, se había contratado a un grupo de música country y el olor a barbacoa hacía la boca agua.

Todo había sido perfecto, pensó Colleen. Hasta el tiempo había colaborado y había bendecido la ceremonia con un día despejado y una noche llena de estrellas.

Una felicidad inmensa la embargaba y no podía dejar de sonreír. Tomó un sorbo de champán y miró a las personas que habían asistido a la boda. Había sido una ceremonia pequeña, solo para los amigos y la familia, pero eso la hacía mucho más especial.

Marlene estaba bailando con Walter Drake y se reía por algo que él había dicho. Angie y Evan parecían estar sumidos en una acalorada discusión y Colleen frunció ligeramente el ceño, confiando en que la situación se resolviera antes de llegar a la ruptura. Dylan se encargaba de supervisar la barbacoa y Chance estaba hablando con el capataz del rancho de Sage. Jenna y su marido estaban bailando y la madre de Colleen y tía Donna estaban en una mesa, sin duda planeando su inminente crucero.

–Pareces demasiado pensativa para ser tu gran día –le dijo Sage, acercándose por detrás–. ¿Te he dicho lo hermosa que estás hoy?

Colleen se sentía realmente hermosa con su vestido largo y blanco, por debajo de los hombros y ceñido a sus curvas. Y Sage estaba tan atractivo y elegante con un traje negro que casi hacía daño mirarlo.

–Sí… Pero puedes repetirlo cuanto quieras.

Él se rio y la abrazó por la cintura. Colleen le puso las manos en los brazos y echó la cabeza hacia atrás para apoyarla en su musculoso pecho.

–Ha sido un día perfecto.

–Sobre todo cuando oí a Colleen Falkner decir: «Sí, quiero» –corroboró él, besándola en el cuello.

–Ahora soy Colleen Lassiter –le recordó ella.

Él le sonrió.

–Suena bien, ¿verdad?

–Suena maravillosamente bien… –señaló con la cabeza a su madre y su tía–. Están excitadísimas con la casa que les estás construyendo en el rancho.

–Entre las dos van a volver loco al arquitecto…

Colleen miró hacia el otro lado del césped, donde ya se veían los cimientos. Sage la había sorprendido con su idea de construir una casa de tres dormitorios para Laura y Donna. Así tendrían su propio espacio pero lo suficientemente cerca de la casa principal para ir y venir cuando quisieran.

–Ya han cambiado tres veces el diseño de la planta baja –comentó Sage jocosamente.

–¿Te das cuenta de que con una casa tan bonita seguramente no quieran irse a Florida?

–¿Y por qué iban a irse cuando en Wyoming lo tienen todo? Solo querían vivir juntas, y ahora pueden hacerlo aquí. Pero si tu madre se cansa del invierno les compraremos una casa en Florida para que vayan cuando quieran.

A Colleen le dio un vuelco el corazón al pensar en el hombre tan maravilloso del que se había enamorado.

–Eres increíble.

–No tanto, pero me alegra que lo pienses.

–Lo pienso –afirmó ella, y se giró en sus brazos para mirarlo con todo el amor y la felicidad que ardían en su interior.

–Además –añadió él, riendo–, tengo la impresión de que cuando sus pasaportes estén listos van a estar siempre viajando. Pero aquí siempre tendrán su hogar y su familia esperándolas.

Colleen lo miró atentamente. Quería estar del todo segura de que a Sage le parecía bien y que no lo hacía solo porque sabía lo importante que era para ella su familia.

–¿Estás completamente seguro, Sage? No hay muchos hombres dispuestos a tener como vecinas a su suegra y a la hermana de su suegra.

Sage se puso serio y le colocó un mechón suelto detrás de la oreja.

–J.D. no está hoy aquí, por desgracia. Pero sé que pensaría lo mismo que yo. La familia es importante. El amor es lo que importa.

A Colleen se le llenaron los ojos de lágrimas.

–De verdad que sabes cómo llegarme al corazón…

–Tú eres mi corazón, Colleen –la besó con delica-

deza–. Y tu madre y Donna son muy buenas y simpáti-
cas. ¿Por qué no deberían estar con su familia? –sonrió–. Además, piensa en lo estupendo que será tener a
dos canguros como ellas cuando empiecen a llegar los
niños.

Ya habían empezado a buscarlos y Colleen suspiró
al pensarlo. Niños. Un marido que la quería… No ca-
bía en sí de felicidad.

–Te quiero, Sage Lassiter.

–Lo sé –dijo él, pero con una sonrisa que anulaba
el tono arrogante.

–Eres imposible.

–Y muy afortunado.

–También –se abrazó a su cintura y se acurrucó
contra él, oyendo los fuertes latidos de su corazón. Cerró los ojos y se deleitó con la sensación de tener todo
lo que siempre había deseado y mucho más.

Una boda inolvidable en un rancho de ensueño que
se había convertido en su hogar. Su familia, feliz y
cerca de ella. Muy pronto se pondría a trabajar para
obtener su título de enfermera. Y lo más importante,
tenía al amor de su vida abrazándola tan delicadamen-
te como si fuera un tesoro frágil e incalculable.

–¿Cuánto tiempo crees que tenemos que quedarnos
en la fiesta? –le susurró él.

Ella le sonrió. Pasarían la noche de bodas en la cabaña donde todo había empezado. Al día siguiente par-
tirían en un avión privado para pasar una semana en
París. Y luego volverían a casa para comenzar su nueva vida en común.

–Me encanta que vayamos a pasar esta noche en la
cabaña –le confesó.

–Y a mí –la apretó con fuerza–. Piensa que un día llevaremos allí a nuestros nietos, les enseñaremos la barandilla y les contaremos cómo la abuela estuvo a punto de caer al barranco pero el superabuelo la salvó, se la llevó adentro y…

Ella le dio un manotazo en el pecho.

–No podemos contarles eso.

–¿Qué tal si solo les contamos que aquel día la abuela también salvó al abuelo?

A Colleen se le derritió el corazón. No se explicaba cómo podía amar tanto a una persona, ni cómo había podido vivir hasta entonces sin ese amor.

–¿Qué te parece si nos quedamos una hora más?

Él gimió de frustración.

–De acuerdo, una hora. Pero si después no te tengo para mí solo te quedarás viuda antes de tiempo.

Colleen lo abrazó con todas sus fuerzas.

–Seguro que puedes resistirlo.

–Por ti resistiría lo que fuera –le prometió él, la sacó a la pista de baile e iniciaron con un baile su camino hacia el maravilloso futuro que los aguardaba.

No te pierdas *Más cerca,*
de Kristi Gold,
el próximo libro de la serie
DINASTÍA: LOS LASSITER
Aquí tienes un adelanto…

Menuda forma de llegar a finales de abril… casi sin blanca y con una fuga en las cañerías.

Pero la suerte de Hannah Armstrong estaba a punto de cambiar. Veinte minutos después de hablar con la compañía y que le aseguraran que intentarían mandar un fontanero aquel mismo día, llamaron a la puerta.

Salió de la minúscula y anegada cocina y cruzó el comedor por encima de las toallas que cubrían el suelo inundado. En el salón esquivó otro obstáculo, se trataba de un descapotable de juguete de un horroroso color rosa, así como una colección de vestidos para muñecas.

–Cassie, cielo, tienes que recoger los juguetes antes de irte a dormir a casa de Michaela –gritó de camino a la puerta.

Al instante recibió el típico «sí, mamá», desde el pasillo de su derecha.

Hannah habría reprendido a su hija de no estar tan impaciente por recibir a su providencial fontanero de brillante cinturón de herramientas.

Pero cuando abrió la puerta se quedó de piedra ante el hombre que esperaba en el porche. Tenía que ser el fontanero más atractivo de todo Boulder.

O mejor dicho, de todo Colorado.

Un increíble espécimen de metro ochenta, pelo negro y ojos del color del café. Vestía una cazadora deportiva azul marino encima de una camisa blanca con el cuello abierto, vaqueros desteñidos y unas relucientes botas de vaquero. Por su atuendo parecía que lo habían sacado de alguna celebración familiar. O tal vez de una cita, ya que no llevaba anillo de casado.

SIEMPRE CONMIGO

YVONNE LINDSAY

Tras un accidente, Xander Jackson sufrió una amnesia que le
impedía recordar los últimos
años de su vida, incluido el
hecho de que había abandonado
a su mujer. Y esta, Olivia, decidió
aprovecharse de esa circunstan-
cia para volver a empezar con el
hombre al que seguía amando.
Conseguir que Xander creyera
que seguían siendo la pareja feliz
y apasionada que habían sido
era sencillo. Pero Olivia tenía
que hacer desaparecer toda evi-
dencia de la devastadora pérdida que había destruido su
relación.

Todo dependía de su capacidad para recuperar
el amor de su exmarido

¡YA EN TU PUNTO DE VENTA!

Acepte 2 de nuestras mejores novelas de amor GRATIS

¡Y reciba un regalo sorpresa!

Oferta especial de tiempo limitado

Rellene el cupón y envíelo a

Harlequin Reader Service®
3010 Walden Ave.
P.O. Box 1867
Buffalo, N.Y. 14240-1867

¡Sí! Por favor, envíenme 2 novelas de amor de Harlequin (1 Bianca® y 1 Deseo®) gratis, más el regalo sorpresa. Luego remítanme 4 novelas nuevas todos los meses, las cuales recibiré mucho antes de que aparezcan en librerías, y factúrenme al bajo precio de $3,24 cada una, más $0,25 por envío e impuesto de ventas, si corresponde*. Este es el precio total, y es un ahorro de casi el 20% sobre el precio de portada. !Una oferta excelente! Entiendo que el hecho de aceptar estos libros y el regalo no me obliga en forma alguna a la compra de libros adicionales. Y también que puedo devolver cualquier envío y cancelar en cualquier momento. Aún si decido no comprar ningún otro libro de Harlequin, los 2 libros gratis y el regalo sorpresa son míos para siempre.

416 LBN DU7N

Nombre y apellido	(Por favor, letra de molde)	
Dirección	Apartamento No.	
Ciudad	Estado	Zona postal

Esta oferta se limita a un pedido por hogar y no está disponible para los subscriptores actuales de Deseo® y Bianca®.
*Los términos y precios quedan sujetos a cambios sin aviso previo.
Impuestos de ventas aplican en N.Y.

SPN-03   ©2003 Harlequin Enterprises Limited

**Ella compartió su cama… Llevaba a su heredero en el vientre…
¡Y se convirtió en su esposa!**

Quizá fuera el padre de Charity Wyatt quien robó a Rocco Amari, el magnate, pero fue Charity quien tuvo que pagar por ello.

A Charity le habría bastado con entregar su virginidad para pagar la deuda, pero la noche apasionada que pasó con el enigmático italiano tuvo consecuencias inesperadas.

Decidida a que su hijo tuviera una infancia mejor de la que ella tuvo, Charity le pidió a Rocco que la ayudara económicamente. Sin embargo, Rocco tenía otros planes en mente: ¡legitimar a su heredero convirtiendo a Charity en su esposa!

Culpable de quererte

Maisey Yates

RENDIRSE AL DESEO

ANNE OLIVER

Breanna Black había convertido las fiestas en un arte. Eran lo único que podía disipar las sombras de su pasado, y no estaba interesada en nada que le estropeara la diversión. Empezando por su irritante y pecaminosamente sexy nuevo vecino, Leo Hamilton. Pero Brie no era de las que se acobardaba con facilidad, y se atrevió a invitarlo a una de sus fiestas.

Leo tenía sus propios motivos para aceptar la invitación de Brie: esperaba que la reunión terminara en fiesta para dos. Y no tenía intención de marcharse de su casa hasta la mañana siguiente.

Una fiesta para dos

¡YA EN TU PUNTO DE VENTA!